Arena-Taschenbuch
Band 2259

Achtung!

Dies ist ein kombinierter Weihnachtskrimi-Adventskalender
in 24 spannenden Fortsetzungen.
Viel gesünder als Schokolade!
Wie er funktioniert? Ganz einfach:
An jedem Tag vom 1. bis zum 24. Dezember
kannst du dir ein Kapitel öffnen,
am besten mit einem Lineal oder einem Brieföffner.
Probier's gleich mal aus!

Jo Pestum
studierte Malerei und arbeitet als Schriftsteller und Film-, Funk- und Fernsehautor. Er zählt zu den bekanntesten deutschen Kinder- und Jugendbuchautoren.

Von Jo Pestum sind als Arena-Taschenbuch erschienen:
Detektiv Luc Lucas – Rätselhafte Fälle (Band 2857)
Der Kater zeigt die Krallen (Band 2107)
Der Kater und der Ruf im Nebel (Band 2108)
Tobi und die rosa Teufel. Fußball im Dreierpack (Band 2209)
Die rätselhaften Nikoläuse. Ein Weihnachtskrimi in 24 Kapiteln (Band 2260)
Sieben Räuber und ein Hund (Band 2230)

Jo Pestum

Drei Könige auf Abwegen

Ein Weihnachtskrimi in 24 Kapiteln

Mit Bildern von Silke Brix-Henker

Arena

In neuer Rechtschreibung

1. Auflage als Arena-Taschenbuch 2003

Umschlag- und Innenillustrationen: Silke Brix
Umschlagtypografie: Agentur Hummel + Lang
Gesamtherstellung: Westermann Druck Zwickau GmbH
ISSN 0518-4002
ISBN 3-401-02259-8

täubend. Alle Mädchen und Jungen quasselten durcheinander.

»Quiet please!«, forderte die Lehrerin. »Falls es möglich sein sollte, dass hier Ruhe einkehrt, will ich es euch erklären.«

Es kehrte tatsächlich Ruhe ein und Miss Flowerfield konnte erklären, was es da zu erklären gab. Die Sparkasse hatte alle Schulklassen des Städtchens zu einem Wettbewerb eingeladen. *Welche Klasse führt das beste Krippenspiel zu Weihnachten auf?* Den Gewinnern winkte ein feiner Preis: Ein langes Wochenende in einer Jugendherberge im Gebirge mit Snowboard-Kurs, Grillabend im Schnee und Fahrten im Pferdeschlitten. – Na, war das etwa nichts?

Mehmet hatte seinen Platz direkt am Fenster. So konnte er prima zusehen, wie der Schnee in dicken Flocken fiel und das Städtchen mit einem weißen weichen Schnee überzog. Schnee, herrlich! Mehmet war noch nie im Gebirge gewesen. Er versuchte sich vorzustellen, wie die Klasse gewann und alle gemeinsam mit dem Zug durch das Winterland fuhren. Dann ging es vielleicht weiter mit der Seilbahn – höher und höher. Und mit dem Snowboard die Hügel hinunterrasen, das war sowieso das Größte. Mehmet hatte im Fernsehen begeistert verfolgt, wie die Snowboarder elegant ihre Kurven durch den Schnee zogen. Und darum stand sein Entschluss fest. »Wir machen mit!«, rief er. »Das ist doch eine tolle Chance!«

Lasse und Jonas waren Mehmets beste Freunde. Sie ließen sich von Mehmets Begeisterung anstecken, obwohl sie auf ein Krippenspiel ganz und gar nicht scharf waren. Aber die Reise lockte sie.

Jonas meinte: »Snowboard, das ist viel geiler als Ski fahren, das könnt ihr mir glauben.«

Lasse nickte eifrig. »Logisch! Also, ich bin dafür, dass wir

Eine verrückte Idee

Sie kreischten los wie eine Horde ausgeflippter Schimpansen. So eine verrückte Idee! Ob sie Lust hätten ein Krippenspiel einzuüben und aufzuführen, hatte Miss Flowerfield sie gefragt, ausgerechnet mitten in der Englischstunde. Das durfte doch nicht wahr sein!

»Ich mach mich nass!«, schrie Sascha und schüttelte sich vor Lachen. »Krippenspielchen mit trallala und jubelnden Engelein und süßen kleinen Schäfchen. Das ist doch was für 'n Kindergarten. Ohne mich!«

»Und ohne mich!«, brüllte Mattes in den allgemeinen Lärm hinein. »Ich steh auf Hardrock und Heavymetal, dass das mal klar ist. Soll ich vielleicht ›Halleluja‹ zwitschern?«

Julia fand die Frage der Lehrerin ebenfalls ziemlich albern. Krippenspiel! Das war doch altmodisch. »Wir können's ja auf Englisch machen«, schlug sie vor, aber das meinte sie nicht ernst. »Silent night, holy night. Maria und Josef reden in Englisch und die Hirten auch. Und die Engel, die jubilieren auch was Englisches.«

»Au ja!« Jonas fasste sich an den Kopf. »Und das Baby in der Krippe, das plärrt auf Englisch und macht englischen Scheiß in die Windeln.«

Miss Flowerfield blieb ganz gelassen. Eigentlich hieß sie ja Blumfeld, aber ihren Spitznamen wurde sie nicht mehr los und sie hatte sich auch daran gewöhnt. Sie war die Klassenlehrerin der 6c und gab Englisch und Erdkunde. Nun sagte sie: »Na schön, wenn ihr den Preis nicht gewinnen wollt, dann können wir die Sache sofort vergessen.«

Ein Preis? Was für ein Preis? War da wirklich ein Preis zu gewinnen? Das Geschnatter und Gefrage wurde ohrenbe-

1. Dezember

Moritz schlug vor: »Der Henry kann ja das Jesuskindchen spielen und sich in die Krippe legen!«

Über diesen Witz lachten alle, denn Henry war der Allerlängste und Allerdickste aus der Klasse. Henry jedoch fand die Idee gar nicht so schlecht. Er meinte, man könne das Krippenspiel ja auch auf die witzige Art aufführen. Die meisten waren zwar dagegen, weil Weihnachten doch eigentlich etwas Ernstes sei; aber ein bisschen lustig dürfe das Stück schon werden, da wurde man sich bald einig.

Sie schwadronierten durcheinander. Niemand war bereit die Rolle der Maria zu übernehmen, weil die Maria doch bloß mit gefalteten Händen rumhocken würde. Josef mit langem Rauschebart, das hörte sich schon witziger an. Oder der Verkündigungsengel! Den könnte man doch erstklassig mit einem Seil von der Decke schweben lassen! Und Ochse und Esel – immer zwei Kinder unter einer Wolldecke mit Köpfen aus Pappmaschee! Solche Rollen machten bestimmt Spaß.

»Ans Rollenverteilen gehen wir morgen«, entschied die Klassenlehrerin. »Erst müssen wir uns doch für ein Stück entscheiden.«

Lasse flüsterte seinen Freunden Mehmet und Jonas zu: »Wir drei kriegen die spannendsten Rollen. Wartet's nur ab!«

Welche Rollen hatte Lasse sich wohl ausgedacht?
Lies morgen weiter!

mitmachen bei dem komischen Krippenspielwettkampf. Wollen wir abstimmen?«

Nach ausgiebigem Palaver wurde endlich abgestimmt. Bis auf Anna und Tom waren alle fürs Mitmachen. Das war eine satte Mehrheit. Die Aussichten auf die feine Reise hatte natürlich den Ausschlag gegeben.

»Wir schaffen es!« Die Schülerinnen und Schüler der 6c waren sich da ganz sicher.

»Langsam, langsam!«, mahnte Miss Flowerfield. »Wir haben ja nicht die leiseste Ahnung, wie viele Klassen aus den Schulen der Stadt mitmachen werden. Und ob wir ein passendes Stück finden und das dann auch erstklassig aufführen, das steht ja wohl auch noch in den Sternen. Für alle Fälle hab ich aber schon mal ein paar Spieltexte aus der Stadtbücherei besorgt.« Sie schwenkte einige Heftchen. »Wer will das denn heute Nachmittag mal durchlesen und morgen darüber berichten?«

Barbara, Johannes und Kerstin meldeten sich freiwillig.

Aber jetzt wurde es hart. Die Klassenlehrerin erklärte nämlich, dass die Proben selbstverständlich nicht während der Schulstunden stattfinden könnten, sondern dass man sich nachmittags zum Üben treffen müsse. Und dass jedes Kind aus der Klasse eine Rolle zu übernehmen habe, das sei Voraussetzung.

Nun ging das Schimpansengekreische wieder los. Am Nachmittag extra noch einmal in die Schule kommen? Und Texte auswendig lernen? Au Backe! Sollte man die Sache mit dem Krippenspiel nicht lieber doch vergessen?

Aber da war doch die Aussicht auf den Snowboard-Kurs! Die Mädchen und Jungen der 6c blieben bei ihrem Entschluss, auch wenn es im Bauch ein bisschen kribbelte. Doch wie sollten die Rollen verteilt werden?

»Aber dann musst du 'nen Turban aufsetzen«, gab Lasse zu bedenken. »Mehmet und ich, wir kriegen Kronen. Der schwarze König trägt immer so einen Turban. Kann man auf allen Bildern sehen. Pech für dich, Jonas!«

Jonas tippte sich an die Stirn. »Hast du 'n Rad ab? Als ob ich mir so ein Spültuch um den Kopf wickeln würde! Ich weiß was Besseres. Ich stülp mir den Mopedsturzhelm von meinem Bruder über. Der schillert wie ein poliertes Osterei. Sieht astrein aus.«

Das sah Mehmet aber ganz anders. »Ein König trägt keinen Sturzhelm. Von mir aus kann der Jonas auch 'ne Krone aufsetzen. Ich fänd es am besten, wenn wir drei ganz gleiche Kronen basteln. Mit Zacken und schön golden. Alle drei Könige sollen gleich toll aussehen. Klaro?«

Das fanden Lasse und Jonas auch. Partnerlook war angesagt. Und dann ging es um die Frage, was die Könige Jonas, Mehmet und Lasse dem Jesuskind schenken würden.

»Das ist doch längst bekannt«, meinte Lasse. »Gold, Weihrauch und Myrrhe. Die drei Sachen braucht das Jesuskind am dringendsten, die sind noch wichtiger als Pampers.«

»Möhren?« Mehmet verstand das nicht. »So ein Winzling kann doch noch keine Möhren futtern.«

»Wieso Möhren?« Jonas begriff nicht, was Mehmet meinte, aber dann verstand er es doch und brach in Gelächter aus. »Du Hirni! Doch nicht Möhren! Myrrhe! Myrrhe mit Ypsilon.«

»Und was ist das?«, fragte Mehmet. »Ist das was zum Essen?«

»Na ja, so genau weiß ich das auch nicht«, gab Jonas zu, »was zum Riechen, glaub ich. Jedenfalls was Kostbares. Irgendwas Duftendes oder so. Wohlgerüche des Orients, schätze ich.«

Lasse winkte lässig ab. »Das kriegen wir schon hin. Kästchen mit Watte drin und dann ordentlich Parfüm drüber oder

Ein König trägt keinen Sturzhelm

In der Pause fasste Lasse seine Freunde bei den Armen und dirigierte sie in die hinterste Ecke des Schulhofes. Es schneite noch immer. Lasse spürte sogar ein bisschen Weihnachtsstimmung.

»Jetzt sperrt mal eure Lauscher auf!«, sagte er. »In den doofen Krippenspielen gibt es immer nur drei Typen, die echt klasse sind. So rollenmäßig, meine ich. Action und so. Und was die Klamotten betrifft. Wir müssen das unbedingt hinkriegen, dass wir diese drei Typen spielen.«

Mehmet nickte eifrig. »Klar, müssen wir. Und was für Typen sind das?«

»Mann, kannst du bescheuert fragen!« Lasse fing eine dicke Schneeflocke mit der Zungenspitze auf. »Die Heiligen Drei Könige natürlich. Die Magier aus dem Morgenland, spitzenmäßig verkleidet wie beim Karneval.«

»Genau!«, bestätigte Jonas. »Die einzigen Rollen, die was hergeben. Kaspar, Melchior und Balthasar. Kaspar ist der mit dem schwarzen Gesicht. Den kann Mehmet am besten spielen, weil er ja schon braune Haut hat.«

Damit war Lasse aber überhaupt nicht einverstanden. »Ich will den Kaspar darstellen, weil der nämlich von der Optik her der Schärfste von den drei Typen ist. Pechschwarz mal ich mich an. Pechschwarz! Schuhcreme funktioniert am besten.«

Jetzt protestierte Jonas. »Wieso willst du dir die Hauptrolle unter den Nagel reißen? Ich bin für Schere-Brunnen-Papier. Wer gewinnt, darf den Schwarzen von den drei Königen spielen. Okay?«

Also machten sie Schere-Brunnen-Papier und am Ende war Jonas der Gewinner.

2. Dezember

Rasierwasser. Myrrhe ist kein Problem. Gold auch nicht. Wir nehmen Ziegelsteine und wickeln Goldfolie drum rum. Das sieht dann so aus wie Goldbarren aus dem Banktresor. Aber wie machen wir das mit dem Weihrauch?«

»Weihrauch«, erklärte Jonas, »das sind so bunte Körner. Weiß ich von meinem Bruder, der ist ja Messdiener. In das Weihrauchfass kommt so ein glühender Kohlebrocken rein, dann Weihrauchkörner drüber und wenn der Messdiener das Weihrauchfass dann schön hin und her schwenkt, qualmt es ganz feierlich in der Kirche.«

Da sah Lasse auch dieses Problem gelöst. »Dann sag deinem Bruder, er soll für uns 'ne Hand voll Weihrauchkörner klauen. Damit wären die Geschenke der Heiligen Drei Könige also komplett.«

Jonas sprang in die Höhe, als hätte ihn ein Haifisch in den Hintern gebissen. »Bist du nicht ganz dicht, Lasse? In der Kirche klauen? Du Armleuchter, das wär doch Kirchenraub! Kapierst du das? Kirchenraub ist 'ne Todsünde. Von so einem Frevel kann dich bloß der Papst persönlich erlösen. Denkst du vielleicht, mein Bruder hat Lust extra nach Rom zu fahren zum Beichten? Schmink dir das ab!«

Lasse beruhigte den aufgeregten Jonas. Grillkohle tue es auch, meinte er. Eine Konservendose mit Löchern, die der Melchior an langen Drähten herumschwenkt, und glühende Grillkohle drin, das gebe auch sehr schönen Qualm. Und was die prachtvollen Gewänder betreffe, also, da müsse man sich wohl von den Müttern beraten lassen.

»Auf alle Fälle muss alles prima bunt sein«, meinte Mehmet.

»Logisch.« Jonas hielt das Gesicht in die tanzenden Schneeflocken. Dass es schon vor Weihnachten schneite! Er stellte sich die weiße Landschaft im Gebirge vor und hatte keinen Zweifel daran, dass die 6c den Preis gewinnen würde. »Wo werden wir denn unser Stück wohl am besten aufführen?«, fragte Jonas.

»In der Eingangshalle selbstverständlich«, sagte Mehmet. »Da passen am meisten Zuschauer rein. Die kommen doch zu tausenden, wenn wir unser Krippenspiel aufführen. Und wenn die Leute dann die Heiligen Drei Könige sehen . . .«

»Ha, dann jubeln die und klatschen Beifall!«, rief Jonas.

Lasse grinste plötzlich ganz seltsam. »Mir ist was eingefallen. Eine geniale Superidee.«

»Los, dann spuck sie schon aus, deine geniale Superidee!«, forderte Mehmet.

»Vielleicht ist es ja auch 'ne Scheißidee«, gab Jonas zu bedenken. »Bei Lasse weiß man nie.«

Es klingelte dreimal. Die große Pause war zu Ende. Die Schülerinnen und Schüler schlenderten zögernd ins Schulgebäude zurück. Letzte Schneebälle flogen.

Lasse bohrte die Hände in die Hosentaschen und sagte ganz locker: »Natürlich müssen wir auch noch überlegen, wie wir uns Kamele besorgen können. Dass die Heiligen Drei Könige so richtig angeritten kommen, das dürfte ja wohl klar sein.«

Mehmet hielt sich die Hände vor das Gesicht. »Jetzt ist er völlig übergeschnappt!«, stöhnte er.

Wo will Lasse drei Kamele auftreiben?
Lies morgen weiter!

3. Dezember

Ersatzkamele tun es auch

Ausgerechnet Mathematik in der sechsten Stunde! Jonas fand, dass Schülerinnen und Schüler eigentlich ein Recht darauf hätten, in der letzten Schulstunde abgeschlafft zu sein. Doch der Professor, wie Herr Galitzka wegen seiner dicken Brille genannt wurde, kannte kein Erbarmen und ließ sogar einen Test schreiben. Zum Glück hatte aber auch die sechste Stunde einmal ein Ende.

»So, Lasse, jetzt pack mal aus!«, forderte Mehmet, als er mit den beiden Freunden auf dem Heimweg war. Er boxte Lasse vor die Brust. »Der Quatsch mit den Kamelen, also, was soll das bedeuten?«

»Was schon!« Lasse schaute wie gelangweilt zu den Wolken hinauf, aus denen leider kein Schnee mehr fiel. »Dass wir Kamele brauchen, das soll das bedeuten. Ist das so schwer zu kapieren? Heilige Drei Könige, die nicht auf Kamelen angeritten kommen, sind doch bloß Lachnummern.«

Da schaltete Jonas sich lautstark in das Gespräch ein. »Du kannst ja zu Hause mal in den Spiegel gucken, Lasse, dann siehst du ein Kamel!«

»Hahaha!«, höhnte Lasse. »Toller Witz! Ihr habt eben keine Phantasie. Kann doch sein, dass zufällig ein Wanderzirkus in die Stadt kommt. Da könnten wir uns für die Aufführung locker ein paar Kamele ausleihen.«

Über so einen Quark konnte Mehmet nur laut lachen. »Nee, kann nicht sein, dass ein Wanderzirkus in die Stadt kommt! Und zufällig erst recht nicht. Zirkusse werden angekündigt in der Zeitung, überall hängen dann auch Plakate rum.«

Jonas wusste es noch besser. »Im Winter werden überhaupt keine Zirkuszelte aufgebaut. Die frieren sich doch sonst die

Nasen ab, die Artisten und die Clowns und die Viecher. Lasse ist wirklich übergeschnappt.«

Lasse knirschte mit den Zähnen. So schnell wollte er den starken Einfall mit den reitenden Königen nicht aufgeben. Da musste es doch noch andere Möglichkeiten geben. Ersatzkamele! Lamas vielleicht oder Elche. Aber er dachte auch: An Lamas und Elche kommt man auch nicht so leicht ran. »Und wie wär's mit Pferden?«, rief er.

»Pferde sind keine Kamele«, stellte Mehmet sachlich fest.

»Blitzmerker!«, schnaubte Lasse. »Wär ich nie im Leben drauf gekommen. Aber erstens können die Heiligen Drei Könige ja auch auf feurigen Rossen angeprescht kommen, zweitens hab ich das schon auf Bildern gesehen und drittens hätte das einen praktischen Vorteil.«

Jonas blieb stehen und baute sich vor Lasse auf. »Wie geschwollen du quasselst! Was für ein praktischer Vorteil soll das denn sein, du Klugschwätzer?«

Lasse grinste überlegen. »Mir ist gerade eingefallen, dass Kamele viel zu groß wären. Für die Eingangstür, meine ich. Mit Kamelen kämen wir gar nicht durch, da würde es uns aus dem Sattel hauen. Also, lasst uns die Sache mit den Pferden mal vertiefen.«

»Vertiefen!« Jonas tippte mit beiden Zeigefingern dem Freund gegen die Stirn. »Angeber! Du kannst nur bekloppte Reden schwingen. Dann vertief mal schön! Hast du vielleicht 'n Pferd im Keller oder im Kühlschrank oder in der Vorratskammer? Du hast keinen Gaul, Mehmet hat keinen Gaul, ich hab keinen Gaul. Kennst du möglicherweise irgendjemanden, der uns drei feurige Zossen besorgen kann?«

Lasse tat so, als dächte er angestrengt nach. »Sorry«, sagte er nach dreiunddreißig Sekunden, »ich kenne keinen.«

Jonas klatschte in die Hände. »Tätä! Tätä! Tätä! Der Kandidat

hat die Zehntausendmarkfrage leider nicht beantwortet. Am besten vergessen wir den ganzen Käse.«

Mehmet hatte sich rausgehalten aus dem Streit der beiden Kampfhähne Lasse und Jonas. Ihm war nämlich etwas eingefallen, das war vielleicht die Lösung. Die Vorstellung, dass die Könige tatsächlich als Reiter beim Krippenspiel auftraten, gefiel ihm sehr. »Was wär denn mit dem ollen Vossbeck?«, schlug er vor.

Zuerst antworteten Jonas und Lasse nicht. Aber dass es in ihren Köpfen arbeitete, das konnte Mehmet ganz deutlich an ihren Gesichtern erkennen.

»Na ja«, murmelte Lasse. »Wenn man bedenkt . . .«

Jonas wiegte leicht seine Schultasche wie einen Autolenker und spitzte die Lippen. »Wenn man bedenkt, dass Ponys im Grunde auch so was wie Pferde sind. Bisschen klein zwar, aber immerhin.«

Dass ich da nicht selber drauf gekommen bin!, dachte Lasse.

Klar, Kamele stellten eindeutig mehr dar, große Pferde auch, aber den ollen Vossbeck und seine Ponyherde, die gab es wirklich. Außerdem fiel man von Ponys nicht so leicht runter. Ein Ponyreiter war bestimmt noch nie in einem Krippenspiel aufgetreten. Und dann sogar drei Ponyreiter! Eindeutig würde das die Sensation werden. Höchstnoten bei den Preisrichtern. Für Lasse war die Angelegenheit klar. »Von mir aus können wir's auch mit Ponys machen«, stimmte er gönnerhaft zu, aber innerlich jubelte er.

Sie waren an der Kreuzung mit der Ampel angekommen. Hier trennten sich ihre Wege. Ein Lastwagen brauste vorbei und bespritzte die drei Jungen mit Schneematsch, aber das machte ihnen nichts aus.

»Da gibt es noch ein Problem«, sagte Jonas.

»Was für eins?«, wollte Mehmet wissen.

Jonas schniefte und spuckte dann lässig aus. »Es könnte doch sein, dass der olle Vossbeck uns keine Ponys ausleihen will.«

Dieses Problem war für Lasse gar kein Problem. »Dann setzen wir den unter Druck!«, knurrte er. »Lasst mich mal die Verhandlungen führen, dann ist die Angelegenheit so gut wie geritzt. Wollen wir wetten?«

»Lieber nicht«, meinte Jonas. »Aber für ein Weihnachtsspiel *muss* der olle Vossbeck uns eigentlich drei Ponys zur Verfügung stellen, weil das ja sonst unchristlich wär.«

»Und wie geht es jetzt weiter?«, wollte Mehmet wissen.

»Na, wie schon!« Lasse breitete die Arme aus. »Überflüssige Frage. Wir rücken dem ollen Vossbeck auf den Pelz. Gleich heute Nachmittag. Um drei Uhr. Hier an dieser Stelle treffen wir uns. Ist das gecheckt?«

Mehmet und Jonas nickten zustimmend. Die drei Freunde rannten davon. Nur schnell nach Hause! Das Mittagessen wartete.

Wird der olle Vossbeck den Jungen drei Ponys ausleihen?
Lies morgen weiter!

4. Dezember

Der Schock am Nachmittag

Ehrensache, dass Mehmet, Jonas und Lasse pünktlich waren. Als die Ampel auf Grün sprang, überquerten sie hüpfend die Hauptstraße und stiefelten los gen Süden. Einen ziemlich weiten Weg hatten sie vor sich. Kalter Wind pfiff ihnen entgegen. Erst einmal raus aus dem Städtchen! Beim Erlengehölz bogen sie in die Seitenstraße ein, die führte an der kleinen Vorstadtsiedlung vorbei, wo es Einfamilienhäuser gab mit Jägerzäunen drum herum und Büschen und Gartenzwergen. Hier draußen wohnte auch Lasses Oma Cilly.

»Viertelstündchen noch bis zum ollen Vossbeck«, sagte Jonas. »Ich schätze, der freut sich darüber, dass drei von seinen Ponys beim Krippenspiel mitmachen dürfen. Ist ja auch Reklame für ihn. Wir suchen uns die schönsten Ponys aus.«

»Versteht sich doch von selbst«, lachte Mehmet.

Früher war der olle Vossbeck ein richtiger Landwirt gewesen mit Äckern und Wiesen und einem großen Bauernhof. Aber dann hatte er seine Ländereien fast vollständig verkauft, weil draußen vor dem Stadtgebiet das Industriezentrum mit Supermärkten, Gewerbebetrieben und Lagerhallen entstehen sollte. Ganz schön reich war der olle Vossbeck durch die Landverkäufe geworden. Nun hatte er nur noch das Bauernhaus mit Stall und Scheune und zwei Wiesen, auf denen er sich viele bunte Ponys hielt. Klar, die Ponyweiden waren ein Anziehungspunkt für alle Kinder der Umgebung.

Die drei Jungen erreichten bald das Anwesen vom ollen Vossbeck. Rauch quoll aus dem Schornstein des Bauernhauses. Auf der vorderen Weide tummelten sich jede Menge Ponys und hatten offensichtlich ihren Spaß am Schnee.

»Tolles Bild!«, flüsterte Lasse beeindruckt.

Ja, es war wirklich ein tolles Bild. Auf den Wiesen und auf den leeren Flächen, die bald bebaut werden sollten, war der Schnee liegen geblieben. Wie ein Gemälde, das sich bewegte, sah das aus: Ponys in brauner, gelber, roter und schwarzer Farbe auf weißem Untergrund.

»Ich wär für Schwarz«, erklärte Jonas. »Drei prächtig verkleidete Könige auf drei schwarzen Reittieren, das macht doch echt Eindruck. Oder wie seh ich das?«

»Das siehst du richtig«, bestätigte Mehmet. »Aber die honigfarbigen Ponys sehen auch verdammt super aus.«

Ein paar von den Ponys hoben die Nasen aus dem Schnee und guckten neugierig zu den drei Jungen hinüber. Dann kamen sie auf ihren stämmigen Beinen getrottet, um sich beschmusen zu lassen. Sie hoben die Köpfe über den Drahtzaun und bliesen warmen Atem aus den Nüstern. Lasse, Mehmet und Jonas ließen sich nicht lange bitten. Sie streichelten Hälse, Mähnen und Flanken der Ponys.

»Was für 'n wolliges Fell die haben!«, staunte Lasse. »Die frieren garantiert nicht.«

»Die kommen ja auch aus dem kalten Norden«, sagte Mehmet, »Island oder so. Da müssen sie mindestens hundert Grad minus aushalten.«

Aber das glaubte Jonas nicht. »Blödsinn! Hundert Grad minus, das gibt's auf der ganzen Welt nicht. Aber dreimal so kalt wie bei uns ist es in Island ganz bestimmt. Seht ihr, wie kräftig die Burschen gebaut sind? Die tragen uns locker!«

Lasse zeigte mit dem Daumen in Richtung Bauernhaus. »Der olle Vossbeck! Er hat uns gesehen. Also, wie abgemacht, ich führe die Verhandlungen.«

»Angeber!«, fauchte Mehmet.

Der olle Vossbeck stapfte mit kurzen Schritten zu ihnen

herüber. Schiffermütze, dicke Pelzjacke, Gummistiefel. Eigentlich war er noch gar nicht besonders alt, doch mit dem grauen Vollbart und der Pfeife im Mund sah er aus wie ein oller Kapitän aus dem Bilderbuch. »Wer seid ihr denn?«, rief er. Seine Stimme war laut wie ein Nebelhorn.

Lasse schluckte zweimal, dreimal. »Wir? Also, wir sind sozusagen die Heiligen Drei Könige, weil wir nämlich nächste Woche in unserer Schule ein Krippenspiel aufführen.«

»Ich bin der Kaspar«, sagte Jonas.

»Ich bin der Melchior«, sagte Mehmet.

»Ich bin der Balthasar«, sagte Lasse.

Der olle Vossbeck lachte meckernd. Es hörte sich nicht besonders schön an. »Und was wollt ihr hier?«

Lasse gab sich einen Ruck. Jetzt kam es drauf an! »Wir wollten Ihnen mitteilen, dass Sie viel Glück haben. Es ist nämlich so, dass drei von Ihren Ponys bei dieser Weihnachtsaufführung mitspielen dürfen. Die Heiligen Drei Könige sind nämlich Reiter.«

Das Lachen vom ollen Vossbeck wurde noch lauter und noch hässlicher. »Die Schnapsidee könnt ihr euch mal ganz schnell von der Backe kratzen, ihr drei Witzfiguren! Hat man so was schon gehört? Kommt überhaupt nicht in die Tüte!«

»Und warum nicht?«, fragte Lasse und verstand die Welt nicht mehr. »So ein Krippenspiel, das ist doch was Heiliges – sozusagen. Und Sie wollen uns nicht mal . . .«

Der olle Vossbeck fuhr grob dazwischen. »Papperlapapp! Was Heiliges!« Mit einer heftigen Armbewegung beschrieb er einen großen Kreis. »Nächste Woche gibt's diese Ponys überhaupt nicht mehr. Da sind die längst verwurstet. Wenn ihr noch so 'n bisschen auf der Weide rumreiten wollt, da hab ich nix dagegen. Sonst verzieht euch wieder. Haben wir uns verstanden?«

»Verwurstet?«, schrie Mehmet. »Was soll das bedeuten?«

Der olle Vossbeck klopfte die Pfeife am Pfosten des Zaunes aus. »Seid ihr so blöd oder tut ihr nur so? Pferdefleisch. Noch nie davon gehört? Ist groß in Mode und außerdem ist es sehr gesund. Auf dem Wochenmarkt gibt's sogar 'nen eigenen Stand mit Pferdefleischprodukten. Ich liege voll im Trend.«

Dem Jonas fielen fast die Augen aus dem Kopf. »Wollen Sie etwa alle diese schönen Ponys abschlachten lassen? Dann wär'n Sie ja richtiggehend ein Mörder!«

»Mörder?« Der olle Vossbeck hob die Faust. »Noch so ein Wort und ich hau dir eine rein! Ich kaufe junge Ponys und lass sie bei mir auf der Weide fressen, bis sie ordentlich Fleisch angesetzt haben. Und dann werden sie verkauft. Salamiwurst zum Beispiel. Wisst ihr, woraus Salamiwurst besteht? Aus Eselfleisch und aus Ponyfleisch. Damit ihr's wisst!«

Mehmet war außer sich. »Das können Sie doch nicht machen!«

»Und ob ich das kann!« Der olle Vossbeck grinste hämisch und verschränkte die Arme vor der Brust. »Ich bin nämlich Geschäftsmann. Nächste Woche werden die Ponys abgeholt. Kommen ins Schlachthaus. So ist nun mal das Leben. Da können auch die Heiligen Drei Könige nichts dagegen machen. Kapiert?«

»Das werden wir ja sehen!«, knurrte Lasse. Er war weiß vor Wut. Der olle Vossbeck hatte das zum Glück nicht gehört.

Können Mehmet, Jonas und Lasse die Ponys retten?

Lies morgen weiter!

5. Dezember

Ein gefährlicher Plan

Wütend und traurig zogen Mehmet, Jonas und Lasse über den Feldweg davon. Bloß nicht noch einen letzten Blick auf die bunten Ponys werfen, die nicht ahnen konnten, was der olle Vossbeck mit ihnen vorhatte!

All die schönen Ponys, dachte Jonas. Dann, als sie weit genug entfernt waren, stieß er Lasse mit dem Ellenbogen an und gab sich Mühe nicht zu heulen. »Was du da vorhin gesagt hast, Lasse, wie hast du das gemeint?«

»So, wie ich's gesagt hab, so hab ich das gemeint!« Lasse blieb stehen, verkrallte die Hände in den Anoraks der Freunde und schüttelte sie wie wild. »Das werden wir ja sehen! Das hab ich gesagt. Stimmt's?«

»Stimmt«, gab Mehmet leicht verstört zurück, »aber was das bedeuten soll, was du gesagt hast, das möchten wir jetzt wissen. Meinst du etwa, wir können was dagegen tun, dass die Ponys abgemurkst werden?«

Lasse schaute erst einmal schweigend Mehmet ins Gesicht und dann Jonas.

Dann holte er tief Luft. »Habt ihr Mut?«

»Mindestens so viel wie du«, antwortete Jonas.

Mehmet riss sich von Lasse los. »Und für mich gilt das erst recht. Also, spuck's schon aus! Was für einen Plan hast du?«

Lasse genoss die Szene. Er hatte keinen Zweifel daran, dass die besten Ideen immer von ihm kamen. »Was der olle Vossbeck mit den Ponys machen will, das ist die größte Sauerei der Welt. Dagegen müssen wir was tun. Mein Plan sieht so aus: Wir befreien die Ponys! Na? Hat's euch die Sprache verschlagen?«

Mehmet spuckte erst einmal in den Schnee. »Ist das nicht

scheißgefährlich? Wenn wir erwischt werden und in den Knast müssen . . .«

»Keine Debatten!«, rief Lasse laut. »Wir sind hier nicht im Bundestag. Macht ihr mit oder macht ihr nicht mit? Ich kann die Aktion auch im Alleingang über die Bühne bringen.« Ja, dachte Lasse, das habe ich gut gesagt!

Jonas schniefte und wischte sich mit dem Ärmel die Nase ab. »Du brauchst dich gar nicht so aufzublasen. Ist doch völlig klar, dass Mehmet und ich dabei sind. Wir befreien die Ponys und suchen uns die drei schönsten aus für den Auftritt der Heiligen Drei Könige. Die müssen wir natürlich gut verstecken, die drei Ponys.«

»Aber was ist mit den anderen?« Mehmet traute dem Braten nicht so recht. Angst vor dem Mitmachen hatte er kaum, doch er verstand nicht, was das bedeuten sollte: *befreien.*

Da kam Lasse so richtig in Fahrt. »In Island, da leben die Ponys beinahe wild. Eingezäunte Weiden gibt's da überhaupt nicht. Die Tiere kommen astrein allein zurecht. Kapierst du? Die laufen in den Wald oder so und verstecken sich. Und Futter finden die auch. Zweige und Baumrinde und was so an Grünzeug unter dem Schnee ist. Solche Ponys sind absolut selbstständig. Ich kenn mich aus.«

»Und wenn sie in die Stadt reinlaufen oder auf irgendwelche Bauernhöfe? Was dann?« Mehmet hatte noch immer Bedenken.

Jonas hatte sich von Lasse anstecken lassen. Er war nun Feuer und Flamme für die Aktion Ponybefreiung. »Dann werden sich die Leute um die Tiere kümmern. Mensch, stell dir vor, dir läuft so ein Klassepony zu! Das ist doch wie Weihnachten und Ostern und Geburtstag auf einmal! Los, zur Sache! Welche Methode wenden wir an?«

Die drei Jungen gingen weiter. Der Zorn war noch da, aber

die Traurigkeit hatte erheblich nachgelassen. Einen gefährlichen Plan zu haben, das war ein starkes Gefühl. Als sie den Stadtrand erreichten, war auch die Frage nach der Methode geklärt, die Jonas gestellt hatte.

Den Drahtzaun würden sie durchtrennen und die Ponys von der Wiese treiben. Mit Seilen würden sie dann drei der Ponys für sich selber einfangen und mitnehmen. Wohin? Die Frage allerdings hatten sie noch nicht besprochen.

»Wir müssen warten, bis die Dunkelheit angefangen hat«, erklärte Lasse, »dann schlagen wir zu. Und zur Tarnung malen wir uns auch noch die Gesichter schwarz an. So richtig, wie es Gangster immer tun.«

Jonas gluckste. »Aber nicht mit Schuhcreme. Ich bring Fingerfarbe von meiner kleinen Schwester mit. Das Zeug ist nämlich ungiftig.«

»Wie knacken wir den Draht durch?«, fragte Lasse.

Da wusste Mehmet Rat. Sein Vater arbeitete als Hausmeister in der Molkerei und hatte dort eine richtige Werkstatt. Selbstverständlich gab es da auch einen Bolzenschneider. »Das mit dem Draht, das erledige ich«, sagte Mehmet. »Ist 'n Klacks für einen Fachmann.«

Sie trabten an der kleinen Siedlung vorbei. In manchen Häuschen brannte schon Licht. Stürmischer Wind war aufgekommen und orgelte in Büschen und Bäumen. Genau das richtige Wetter für eine kühne Tat.

»Hausarbeiten!«, stöhnte Jonas. »Die müssen wir auch noch abmalochen. Mathe, Englisch, Grammatik . . .«

Aber Lasse entschied: »Auf solche Nebensächlichkeiten können wir heute keine Rücksicht nehmen. Die entscheidenden Dinge gehen im Leben immer vor. Wer besorgt drei Seile?«

Auch da sah Mehmet keine Schwierigkeiten. In der Werkstatt seines Vaters lagen Stricke und Taue massenweise herum. Wichtig war bloß, dass er sich beim Stibitzen nicht erwischen ließ, denn dann hätte er vermutlich komplizierte Fragen zu beantworten.

»Passt auf, dass ihr nachher auch rechtzeitig zu Hause ausbüxt!«, mahnte Lasse. »Eltern haben manchmal so komische Einfälle, dass sie einen zum Einkaufen losschicken oder zum was Wegbringen zu Tante Käthe oder so. Lasst euch auf nichts ein, okay? Notfalls lügen, dass wir in der Schule für das Krippenspiel üben müssen.«

Dann standen sie an der Ampelkreuzung.

Mehmet murmelte: »Wenn das stimmt, was der olle Vossbeck behauptet hat, das mit der Salamiwurst meine ich, also, dann werde ich nie wieder Salami essen. Ich fresse doch keine Ponys! Vielleicht hat der uns ja auch bloß angeschmiert.«

»Aber Pferdemetzgereien gibt es wirklich«, sagte Jonas.

Lasse tippte auf seine Armbanduhr. »Ich schätze, um sechs ist es dunkel genug. Punkt sechs. Wieder an dieser Stelle. Ist das abgemacht?«

»Ja, abgemacht«, bestätigten Mehmet und Jonas. Sie wollten sich gegenseitig nicht eingestehen, dass ihr Herzschlag ein paar Takte zugelegt hatte. Da wartete ein großes Abenteuer!

»Mehmet, dass du auch wirklich den Bolzenschneider mitbringst und die Stricke!«, rief Lasse, als er loslief. »Eine Taschenlampe bringe ich mit.«

Ob der Plan der drei Freunde gelingt?

Lies morgen weiter!

6. Dezember

Und was nun?

Feierabendzeit. Hektisches Treiben herrschte in der Innenstadt. Schnell noch einkaufen! Rasch von der Arbeit nach Hause! Ab ins Warme! Viel zu schnell sausten die Autos durch die engen Straßen.

Auf die drei Abenteurer achtete niemand. Gut so! Sie huschten durch Gassen und Nebensträßchen dem Stadtrand zu. Mehmet trug den Bolzenschneider, den er in einen Sack gesteckt hatte, über der Schulter, die Seile hatte er sich in die Anoraktasche gestopft.

Jonas spürte die Schmetterlinge im Bauch. Aber vor den Freunden wollte er selbstverständlich nicht zugeben, dass ihm bei dieser Aktion reichlich mulmig wurde. Er sagte sich: Die drei Musketiere waren auch mutig. Einer für alle, alle für einen. Also dürfen die Heiligen Drei Könige auch keinen Schiss haben. »Was ist eigentlich ein Bolzenschneider?«, fragte er Mehmet.

»So was wie 'ne besonders starke Drahtschere.«

»Warum wollen wir eigentlich die Drähte durchschneiden?« Jonas redete natürlich leise, damit kein Fremder mithören konnte. »Da gibt's doch ein Gattertor an der Weide, das könnten wir doch aufmachen und . . .«

»Blödmann!«, fuhr Lasse dazwischen. »Das Gattertor ist doch direkt beim Haus vom ollen Vossbeck. Willst du etwa, dass der Knilch uns erwischt? Genau am entgegengesetzten Ende müssen wir in die Ponyweide rein.«

Das sah Jonas ein.

Der Wind pustete den Jungen eine Mischung aus Graupel und feinem Schnee in die Gesichter. Sie hatten ihre Kapuzen bis zu den Nasenspitzen heruntergezogen und stapften tapfer drauflos. Um die Vorstadtsiedlung machten sie einen großen Bogen.

»Wir dürfen nämlich nicht identifiziert werden«, erklärte Lasse. »Wir müssen unheimlich anonym bleiben. Das versteht sich ja von selber.« Die Sätze hatte er sich schon zu Hause ausgedacht.

»Mann, wie du das so sagst!« Jonas staunte. »Aber zur Vorsicht schmieren wir uns jetzt trotzdem schwarze Farbe ins Gesicht. Da könnte ja plötzlich jemand auftauchen. Abendspaziergänger oder einer, der seinen Hund pinkeln lässt.« Jonas zog das Plastikdöschen mit der Fingerfarbe aus der Tasche. »He, bleibt mal stehen! Ich verpasse euch jetzt die Kriegsbemalung.«

Geschützt hinter einer Hainbuchenhecke hielten sie an. Lasse funzelte mit der Taschenlampe, Jonas malte Mehmet, Lasse und dann sich selbst schwarze Striche auf die Stirn, auf die Backen und auf das Kinn.

»Optimale Tarnung«, sagte Lasse. »Los, weiter!«

Zwischen den treibenden Wolken blitzten erste Sterne. Es war nicht mehr weit bis zur Ponyweide. Im Hintergrund lag das Gehöft vom ollen Vossbeck. Rechts und links der Tür drang Licht aus den Fenstern. Es sah aus, als guckte da ein liegender Riese mit leuchtenden Augen zu ihnen herüber.

Mehmet dachte: Und was ist, wenn der olle Vossbeck die Ponys in den Stall geholt hat? Dann stehen wir schön auf dem Schlauch. Aber seine Sorge war unbegründet. Beim Näherschleichen erkannte er, dass sich die Minipferdchen bei dem halb offenen Unterstand versammelt hatten, wo ein Haufen Heu aufgetürmt war. Offenbar blieben die Ponys auch über Nacht im Freien. Das war gut für den Geheimplan!

»Action!«, zischte Lasse. »Action!«

Mit zittrigen Fingern packte Mehmet den Bolzenschneider

aus. Der wirkte wie eine lange Zange. Lasse ließ die Taschenlampe aufblitzen, um die richtigen Stellen am Drahtzaun zu finden. Die Ponys, kaum dreißig Schritte entfernt, mampften seelenruhig weiter.

Mehmet kam sich vor wie ein Profieinbrecher, wie ein cooler Gangster, wie ein Ass der Unterwelt. Andererseits fühlte er sich auch ein bisschen wie ein Spezialagent, der in einem fremden Land schuldlos Eingesperrte aus der Unterdrückung befreite. Zur Hälfte Al Capone, zur Hälfte James Bond.

Ping! Ping! Ping! Es sirrte laut und metallisch, als Mehmet die Drähte des Zaunes durchtrennte. Er erledigte seine Arbeit wirklich erstklassig.

Dann standen die Jungen wie erstarrt und lauschten. Hatte der olle Vossbeck vielleicht etwas gemerkt? Nein, drüben beim Haus blieb alles still. Lasse wurde von der Vorstellung geplagt, dass er jetzt eigentlich dringend aufs Klos müsste. Jonas konnte kaum schlucken, weil sein Hals so trocken war. Mehmet stellte erstaunt fest, dass er am ganzen Körper zu zittern begann.

»Mut!«, flüsterte Jonas und kannte seine Stimme kaum wieder. »Jetzt müssen wir Mut haben. Auf geht's!«

Durch die Zaunlücke tasteten die Jungen sich Schritt für Schritt näher an die Ponys heran. Mehmet verteilte die Seile. Den Tieren schien das alles ziemlich schnuppe zu sein.

»Echt gut, dass der Wind so stark bläst«, wisperte Lasse, »da werden unsere Fußspuren nämlich verweht. Fußabdrücke sind für die Kripo die besten Beweisstücke.«

Sie waren bei den Ponys angekommen. Die nahmen den abendlichen Besuch gelassen zur Kenntnis und mümmelten weiter ihr Futter.

»W-w-w-welche drei Tiere nehmen wir uns denn?«, fragte Mehmet. »Man kann doch die Farben nicht erkennen.«

»Ist doch scheißegal!« Lasse schlang einem Tier die Leine um den Hals. »Das erste, das du kriegen kannst. Bloß keine Diskussionen!«

Jonas hatte inzwischen auch einen Strick um einen Ponyhals geschlungen. Da zögerte Mehmet nicht länger. Es war ein seltsames Gefühl, als er die wuschelige Mähne und das weiche Fell berührte. Aber würden die drei Ponys sich auch wegführen lassen?

Sie ließen sich wegführen!

Mehmet, Jonas und Lasse brauchten ihnen nur ein wenig die Hälse zu tätscheln und locker an den Leinen zu ziehen. Die Ponys trotteten neben ihnen her wie brave Hunde. Klar, sie waren an die Nähe der Menschen gewöhnt und erwarteten vielleicht eine besondere Belohnung.

»Husch-husch-husch!« Lasse wedelte mit den Armen, um die anderen Ponys aufzufordern das Weite zu suchen. Abhauen in die Freiheit! Das gehörte doch zum Plan. Aber den Ponys schien das, was die Jungen für die große Freiheit hielten, nicht so wichtig zu sein wie der Heuhaufen.

Jonas hatte mit seinem Pony bereits die Zaunlücke erreicht. Mehmet klopfte seinem Pony aufs Hinterteil, damit es Tempo zulegte. Lasse hatte den Arm um den Ponyhals gelegt und zog und zog. Nur schnell runter von der Weide!

»Hoffentlich laufen die anderen Ponys auch weg!«, keuchte Jonas. »Drei haben wir jedenfalls gerettet.«

»Und jetzt?«, fragte Mehmet. »Wohin mit den Ponys?«

Ja, wohin mit den Ponys?

Lies morgen weiter!

7. Dezember

Lasse, der Schlangenmensch

Mehmets Frage haute sie fast aus den Socken. Wohin mit den Ponys? Den Raub hatten sie prima geplant, aber wo sollten sie nun ihre Beute verstecken? Ein schlimmer Fehler, dass sie sich darüber vorher keine Gedanken gemacht hatten!

»Erst mal ab ins Erlenwäldchen!«, schlug Lasse vor. »Sa kann uns keiner sehen und da veranstalten wir dann so 'ne Art Krisensitzung.«

»Krisensitzung!« Jonas lachte auf. »Was für 'ne Angebersprache du immer draufhast!« Doch er folgte ohne Protest, als Lasse sein Pony aus dem Haselgebüsch trieb.

Als sie durch den kleinen Wald staksten, schmatzte der matschige Boden unter ihren Schritten und sie sanken bis zu den Knöcheln im Morast ein. Auch die Ponys kamen nur mühsam weiter. Sie schienen den drei Jungen blind zu vertrauen.

Lasse zeigte zur Vorstadtsiedlung hinüber. Durch das Gewirr der Zweige konnte man nur wenig erkennen, denn die zwei Neonlampen an der Straße gaben wenig Licht. »Ich hab die Lösung, auch wenn's bloß eine Zwischenlösung ist.«

Mehmet flüsterte: »Da bin ich aber mal gespannt. Los, lass hören!«

»Oma Cilly«, sagte Lasse und rieb sich die kalten Hände. Er kraulte sein Pony, das sich anschickte seinen Anorakzipfel zu benagen. »Oma Cilly ist verreist. Die muss vor Weihnachten immer bei Tante Hilde und Onkel Heinz Spekulatius und Printen und solches Zeug backen, weil das ihre Spezialität ist. Meint sie jedenfalls. Oma Cilly kommt erst am Sonntagabend wieder zurück.«

Mehmet setzte erst einmal den schweren Bolzenschneider

ab. Die Schulter tat ihm weh. »Und wie wollen wir reinkommen in das Haus von deiner Oma? Das ist 'ne Scheißidee, du großer Stratege! Sollen wir vielleicht die Tür einrammen? Dann haben wir die gesamte Nachbarschaft am Hals und die Polente auch. Du willst doch wohl nicht behaupten, dass du einen Schlüssel hast, oder?«

Lasse lächelte überlegen, das konnten die Freunde in der Dunkelheit aber selbstverständlich nicht sehen. »Ich weiß, wie man reinkommt. Ich bin nämlich ein Schlangenmensch.«

Jonas und Mehmet fragten nicht weiter. Sie waren müde, ihnen froren die Nasen und außerdem wurden jetzt die Ponys aufmüpfig. Die Nachtwanderung gefiel ihnen wohl nicht mehr. Die drei Ponydiebe hatten große Mühe die strammen Kerlchen bis an den Waldrand zu bugsieren.

Schlangenmensch Lasse erklärte leise seine Strategie und wies zu dem spitzgiebeligen Haus hinüber, das ziemlich abseits lag und düster wie eine Spukvilla wirkte. Jonas sollte mit zwei der Ponys in Deckung bleiben. Mehmet und Lasse würden sich mit dem dritten Pony zum großen Garten vorarbeiten und dann auf der Rückseite des Hauses verschwinden. »Wir nehmen das Pony zwischen uns, Mehmet! Dann sieht's aus, als hätten wir einen großen Hund dabei. Falls überhaupt jemand draußen ist! Die Leute sind doch froh, wenn sie bei diesem Wetter schön im Warmen vor der Glotze sitzen können.«

Mehmet hatte seine Zweifel. »Und wenn unser großer Hund anfängt zu wiehern?«

»Dann hältst du ihm die Nase zu«, meinte Lasse kühl, »außerdem pfeift der Wind. Auf geht's!«

Es war eine gewagte Aktion. Mehmet zog am Seil, Lasse schob das Pony, das sich auf einmal störrisch stellte und zu bocken begann, aus Leibeskräften. Jonas, der mit den ande-

ren Ponys versteckt hinter Baumstämmen ausharrte, hielt vor Angst den Atem an. Wenn das nur hinhaute!

Irgendwie haute es hin. Irgendwie erreichten Lasse und Mehmet mit dem Pony durch die Gartenhecke die Hinterseite des Hauses. Irgendwie hatten sie sich durch das Gewirr der Zweige gewurschtelt.

Dann hatte der Schlangenmensch Lasse seinen starken Auftritt. Lasse war sich sicher, dass nur einer wie er die Fähigkeit besaß durch das flache Fensterchen in den Keller zu flutschen. Es war nicht das erste Mal, dass er auf diese Weise in das Haus der Oma eindrang, doch leider ging an diesem Abend die Fensterscheibe zu Bruch. Mist, verdammter! Zum Glück war der Wind lauter als das Geschepper.

Mehmet biss sich vor Aufregung in die Daumenspitzen. Er sah dann und wann den Strahl von Lasses Taschenlampe im Innern des dunklen Hauses aufblitzen – und dann öffnete sich leicht quietschend die Hintertür. Hurra!

Rein mit dem Pony in den Hausflur! Und dann zurück, um auch Pony Nummer zwei und Pony Nummer drei auf dem gleichen Weg in Oma Cillys Haus zu schieben und zu zerren und zu locken. Nein, die Jungen froren längst nicht mehr. Dicke Schweißperlen liefen ihnen aus den Haaren in die Augen.

»Prüfen, ob alle Rollläden dicht sind!«, kommandierte Lasse mit ganz heiserer Stimme. »Und bloß kein Licht anknipsen!«

Es war unheimlich im dunklen, einsamen Haus. Sie schoben die Ponys ins Badezimmer, das sehr groß war, denn es diente auch als Wasch- und Bügelraum. Nacheinander köttelten die Ponys erst einmal auf die Fliesen.

»Ponys im Badezimmer!« Mehmet kicherte nervös. »Ich glaub, mein Goldfisch hustet. So was gibt's doch gar nicht.«

Die Ponydiebe wuschen sich erst einmal die schwarze Farbe

aus den Gesichtern. Dann tasteten sie sich in den Keller, um aus dem Vorratsraum Futter für die Ponys heraufzuholen: Möhren, Kartoffeln, Äpfel, Selleriestrünke, Rosenkohl, Brotlaibe, Küchenkräuter, Weihnachtsstollen . . . Sogar einen Tontopf mit Sauerkraut. Sie fanden auch leere Kartoffelsäcke. Da brauchten die Ponys also nicht auf den kalten Fliesen zu schlafen.

Lasse hängte ein Handtuch um die Wandleuchte, um den Lichtschein zu dämpfen. Dann ließ er Wasser in die Badewanne laufen, damit die Ponys nicht verdursteten über Nacht. Da schoss ihm noch eine Blitzidee in den Schädel. Aus der Küche holte er das Transistorradio, das die Oma immer bei der Gartenarbeit dudeln ließ.

»Was soll denn der Quatsch?«, fragte Jonas.

»Leise Musik beruhigt alle Tiere. Wusstet ihr das etwa nicht?« Lasse fummelte an den Knöpfen, bis er Geigenklänge vernahm. »Dieser Sound ist exakt richtig«, behauptete er.

Die Ponys machten sich über das Futter her.

»Wir müssen langsam abhauen!«, mahnte Jonas. »Ich krieg garantiert Krach zu Hause.«

»Lassen wir die Ponys jetzt allein?«, fragte Mehmet ungläubig. »Das geht niemals gut! Nie im Leben!«

»Muss es aber«, sagte Lasse und hatte einen Kloß im Hals.

»Sind wir jetzt Kriminelle?«, wollte Jonas wissen.

»Blödsinn!« Lasse tippte sich an die Stirn. »Wir haben doch für 'ne gute Sache geklaut. Das ist wie Mundraub.«

Und dann ließen die Jungen die drei Ponys allein in Oma Cillys Haus.

Ob das wohl gut ausgeht?

Lies morgen weiter!

8. Dezember

Ein Kommissar kommt in die Schule

Lautlos wie Indianer machten sie sich davon.

Als sie den Stadtrand erreichten, sagte Mehmet plötzlich: »Ihr werdet es nicht glauben, aber in der Aufregung hab ich nicht mal die Farben unserer Ponys richtig angeschaut. Eins ist dunkelbraun, das weiß ich.«

»Eins ist rötlich und eins ist gelblich wie Lehm«, erklärte Jonas. »So was kann man doch nicht übersehen. Soll ich jetzt mal den Bolzenschneider schleppen?«

Mehmet winkte ab. »Nö, lass man! Mir ist grad 'ne hässliche Idee gekommen. Was ist, wenn wir die Rollen der Heiligen Drei Könige überhaupt nicht kriegen? Dann wär unsere Aktion ja völlig für die Katz gewesen.«

»Mal bloß nicht den Teufel an die Wand!«, schnauzte Lasse. »Das biegen wir schon zurecht. Lasst mich nur machen!«

Als sich die Jungen an der Ampelkreuzung verabschiedeten, hatten sie ziemlich weiche Knie, doch das hätte keiner von ihnen zugegeben. Die Hausaufgaben waren noch zu erledigen, erzürnte Eltern waren zu besänftigen, schlimme Wachträume waren dann in der Nacht zu verscheuchen.

Irgendwann siegte die Müdigkeit.

Beim Frühstück kippte Lasse beinahe vom Stuhl. Sein Blick fiel auf die Zeitung und da stand es schon auf der Titelseite.

UNBEKANNTE ZERSCHNITTEN ZAUN EINER PONYWEIDE!
Polizei vermutet Protesttat von Naturschützern

Also war der Ponyklau schon aufgeflogen! Lasse biss in sein Leberwurstbrötchen und schielte auf den Zeitungsartikel.

Rasch überflog er die Zeilen. Bei einem abendlichen Kontrollgang habe der olle Vossbeck entdeckt, dass bei den Ponys was nicht stimme. Der Zaundraht sei am Ende der Wiese sauber durchtrennt worden, die Ponys hätten sich auf und davon gemacht. Mithilfe der Nachbarn seien vierzehn der siebzehn Tiere wieder eingefangen worden. Unwillkürlich musste Lasse grinsen, als er las, dass drei Ponys wie vom Erdboden verschwunden seien und dass die Bevölkerung aufgefordert wurde nach diesen Ponys Ausschau zu halten.

»Lasse, klüngel nicht so!«, mahnte die Mutter.

»Ich klüngel ja gar nicht«, sagte Lasse kauend, »ich les nur gerade, dass ein paar Ponys weggelaufen sind. Jemand hat den Zaun kaputtgemacht. Ist ja irre!«

Die Mutter nickte. »Ich hab's schon gelesen. Das haben wohl ein paar Protestler gemacht, meinen die Polizisten. Weil Herr Vossbeck sein Ackerland verscherbelt hat für ein Industriegebiet. Und weil das naturschädigend sei. Aber Genaues weiß man noch nicht. Und jetzt mach dich auf die Socken! Du kommst garantiert mal wieder zu spät.«

Lasse schnappte sich noch ein trockenes Brötchen. Für die Wurst war leider keine Zeit mehr. Er nahm die Schultasche und sauste los. Dabei überlegte er: Ist das nicht total günstig für uns, dass die Polizei einen falschen Verdacht hat? Doch, logisch! Die Bullen ermitteln jetzt bei den Öko-Freaks. Die haben schon immer gegen den Ausbau eines Gewerbegebietes auf der grünen Wiese gewettert. Und der olle Vossbeck ist doch sowieso ein Raffke. »Besser konnte es gar nicht kommen!«, flüsterte Lasse im Rennen. »Alles läuft wie geschmiert!«

Er kam spät bei der Schule an, aber nicht zu spät. Großes Palaver ringsherum. Drei Ponys waren verduftet! Und dem ollen Vossbeck hatte man es mal so richtig gezeigt! Endlich

einmal eine Sensation für das verschlafene Städtchen. Bei allen Schülerinnen und Schülern Schadenfreude.

Aber dann, in der zweiten Stunde, wurde die Lage gefährlich für Jonas, Mehmet und Lasse. Da betrat nämlich Direktor Wendelrath den Klassenraum der 6c und brachte einen fremden Mann mit. Sofort wurde es mucksmäuschenstill in der Klasse.

»Dies ist Herr Kriminalkommissar Nowack«, erklärte der Direktor. »Er hat einige Fragen an euch. Ich bitte um Aufmerksamkeit!«

Jonas zuckte erschrocken zusammen. Hatte Lasse nicht behauptet, die Polizei befinde sich auf einer völlig falschen Spur? Andererseits war Jonas auch enttäuscht. Einen Kriminalbeamten hatte er sich viel spannender vorgestellt. Dieser Kommissar trug eine dicke Brille, hatte eine Halbglatze und war reichlich fett. Und dass der so eine spießige Strickweste unter dem Regenmantel anhatte! Eine Pistole war auch nicht zu sehen.

Der Kommissar stellte sich breitbeinig vor die Klasse. »Bestimmt habt ihr schon von dem Überfall auf das Gehöft von Herrn Vossbeck gehört. Eine Straftat! Gegen gewaltlose Protestaktionen hat die Polizei nichts, aber hier waren Kriminelle am Werk. Wir werden die Schuldigen schon finden und vor Gericht bringen.«

Zuerst betretenes Schweigen bei den Mädchen und Jungen, dann aufgeregtes Geflüster. Was haben wir damit zu tun?

»Ruhe!«, befahl der Direktor.

Der Kommissar redete weiter. Zuerst einmal gehe es um die drei Ponys, die noch immer verschwunden seien. Jeder, der solch ein Pony heimlich bei sich behalte, mache sich strafbar und jeder, der wisse, wo eines dieser Ponys versteckt sei und es nicht sofort der Polizei melde, könne ebenfalls strafrechtlich belangt werden.

Kerstin hob den Finger. »Vielleicht haben sich die Ponys verlaufen. Kann doch sein, dass sie irgendwo im Wald sind.«

»Richtig«, lobte der Kommissar. »Unsere Suchtrupps sind unterwegs. Auch diese Möglichkeit müssen wir in Betracht ziehen. Darum fordere ich euch alle auf: Seid aufmerksam! Sperrt die Augen auf! Wer etwas beobachtet, muss sofort Meldung machen. Frei laufende Tiere stellen ja auch eine erhebliche Gefährdung des Straßenverkehrs dar.« Der Kommissar putzte sich geräuschvoll die Nase. »Da ist noch etwas. Drei Jugendliche sind gestern Nachmittag an der Ponyweide von Herrn Vossbeck gesehen worden. Es kann sein, dass sie wichtige Tatzeugen sind. Natürlich hat sich Herr Vossbeck die Gesichter nicht gemerkt, aber vom Alter her könnten es Schüler eurer Klasse gewesen sein. Meine Frage also . . .«

»Wir müssen uns ganz doof anstellen!«, zischte Jonas den beiden Freunden zu.

»Das dürfte dir ja nicht schwer fallen«, gab Lasse cool zurück. Er hatte sich inzwischen eine großartige Taktik ausgedacht. Auf keinen Fall durften Mehmet, Jonas und er in Verdacht geraten. Lasse sprang auf und rief: »Wieso hat denn der olle . . . öh, der Herr Vossbeck so viele Ponys?«

»Er handelt damit«, erklärte der Kommissar. »Er hält sie auf der Weide, bis sie ordentlich Fleisch angesetzt haben, und verkauft sie dann an den Schlachthof.«

In diesem Augenblick brach in der Klasse die Hölle los.

Wie werden die Jungen und Mädchen nun reagieren?

Lies morgen weiter!

9. Dezember

Barbara greift ein

Waaaaas? Da sollten siebzehn herrliche Ponys einfach geschlachtet werden? Das durfte doch nicht wahr sein! So eine hundsgemeine, unverschämte, mörderische Sauerei! Alle zeterten und brüllten und kreischten durcheinander, dass fast die Schule wackelte. Mit sämtlichen Schimpfwörtern, die ihnen einfielen, verwünschten sie den ollen Vossbeck. Mistkerl, Drecksack, Stinkstiefel … Die Empörung war gewaltig. Nein, die Mädchen und Jungen wollten sich nicht beruhigen. Später in der Pause übertrug sich dann der Protest auch auf die übrigen Schülerinnen und Schüler und dann wurde das Unternehmen *Rettet die Ponys!* gegründet.

Mindestens eine Viertelstunde brauchte der Direktor, um dem Kripomann wieder Gehör zu verschaffen. Er war in Eile, weil er ja auch in den anderen Klassen und in den übrigen Schulen seine Ermittlungen nach Tatzeugen fortsetzen musste.

»Meine Frage lautet also«, wiederholte der Kommissar: »Ist jemand aus eurer Klasse gestern draußen am Hof von Herrn Vossbeck gewesen?«

Mehmet übertrieb jetzt ein bisschen. »Ich weiß nicht mal, wo der komische Hof überhaupt liegt, und dass es hier in der Gegend so 'ne Menge Ponys gibt, also, das ist mir auch neu.«

Lasse und Jonas stellten sich auch doof, so wie Jonas es gefordert hatte. Einige erklärten, sie wüssten zwar von dem Gehöft und den Ponys, aber sie seien nicht dort gewesen, jedenfalls gestern nicht. Und so verschwand der Kommissar unverrichteter Dinge.

»Uff!«, stöhnte Jonas so leise, dass es nur seine Freunde

hören konnten. »Jetzt haben wir also die Kripo am Hals.« Den Gedanken fand er irgendwie aufregend.

»Da müssen wir eben zeigen, was für ausgekochte Typen wir sind«, flüsterte Mehmet. »Wenn ich bloß wüsste, wo wir unsere drei Ponys bis zum Krippenspiel verstecken können!«

Lasse verkündete, er habe soeben einen seiner bekannten Geistesblitze verspürt. »Barbara!«, kicherte er. »Die muss uns helfen.«

Barbaras Eltern waren Bauern. Sie bewirtschafteten einen großen Hof, hielten Milchkühe und bauten auf ihren Feldern Weizen, Braugerste und Futtermais an. Der Bauernhof lag am Rande des großen Waldes, der sich weit weg im Westen bis ins Hügelland ausdehnte. Barbara hatte den weitesten Schulweg von allen. Aber das war für Lasse glasklar: Auf solch einem entfernten Gehöft musste man doch locker ein paar Ponys verstecken können.

»Quiet please!«, rief Miss Flowerfield und schaute scharf zu Mehmet, Lasse und Jonas hinüber. »Keine Privatkonferenzen. Wir haben schon genug Zeit verloren. Und von Ponys will ich jetzt auch nichts mehr hören. Wir müssen den Vokabeltest vorbereiten. Zur Information nur dies noch: Kerstin, Barbara und Johannes werden sich heute Nachmittag endgültig für das Weihnachtsstück entscheiden, das wir aufführen werden, und morgen treffen wir uns dann zur Rollenverteilung und zur ersten Textprobe. Mattes, was heißt *probability?*«

Mattes wusste es. »Wahrscheinlichkeit.«

»Gut. Also, die Wahrscheinlichkeit, dass der Test halbwegs befriedigend ausfällt, scheint mir gering zu sein, wenn ich mir so eure Hausaufgaben ansehe. Wir müssen noch gehörig üben.« Miss Flowerfield konnte aber nur noch wenige

Vokabeln abfragen, denn schon bald schrillte die Klingel zur Pause.

Und während sich die Schüler auf dem Schulhof gegen das Ponyschlachten organisierten, zogen Lasse, Jonas und Mehmet die Barbara zur Seite.

Barbara fand das nicht witzig. »Was soll der Quatsch?«

»Wir haben was mit dir zu besprechen«, erklärte Mehmet, »was unheimlich Wichtiges! Kannst du schweigen wie ein Grab?«

»So 'ne beknackte Frage!« Barbara lachte und stemmte die Fäuste in die Seiten. »Klar kann ich das. Wenn ich will! Macht's nicht so spannend, okay? Was liegt an?«

Lasse sagte: »Schwör erst bei deiner ewigen Seligkeit, dass du uns nicht verpfeifen wirst! Es geht um was Kriminalistisches.«

Da wurde Barbara hellhörig. »Habt ihr was verbrochen? – Also gut, ich schwöre bei meiner ewigen Seligkeit, dass ich nix von dem weitererzähle, was ihr mir jetzt verratet.«

Jonas schaute Barbara tief in die Augen. »Die drei verschwundenen Ponys, die sind in unserer Gewalt. Was sagst du nun?«

Barbara holte tief Luft. »Dass ihr einen Sprung in der Schüssel habt, das sage ich. Habt ihr die Ponys geklaut? Warum denn bloß?«

»Weil wir die Rollen von den Heiligen Drei Königen spielen werden«, erklärte Lasse. »Und damit es optisch was hermacht, wollen wir in die Szene reingeritten kommen. Ist doch genial, oder? Jetzt brauchen wir aber ein gutes Versteck für die Ponys und da dachten wir . . .«

»Moment mal!«, unterbrach Barbara. »Fatma möchte aber auch gern einen König spielen.«

»Das müssen wir ihr ausreden«, knurrte Jonas. »Es gibt ja

noch andere prima Rollen. Los, Barbara, sag schon: Können wir unsere Ponys nicht bei euch auf dem Hof verstecken?«

»Hast du 'nen Dachschaden, Jonas? Das würde mein Vater doch sofort merken. Absolut ausgeschlossen!« Barbara fauchte wie eine Wildkatze. Dann fragte sie: »Wo sind die Ponys denn jetzt?«

»Im Badezimmer von meiner Oma«, murmelte Lasse kleinlaut, »aber da können sie nicht bleiben, weil Oma Cilly nach dem Wochenende wieder nach Hause kommt.«

Mehmet meinte: »Bei uns nebenan ist 'ne Garage frei, aber da müssten wir mit den Ponys quer durch die Stadt. Da flögen wir sofort auf – wo uns jetzt die Kripo auf den Fersen ist.«

»Bei uns im Kartoffelkeller haut es auch nicht hin«, sagte Jonas, »weil die Treppe nämlich so steil ist. Außerdem ist es da schrecklich duster.«

Barbara fasste sich an den Kopf. »Wie ich schon sagte: Ihr habt 'nen Sprung in der Schüssel. Ponys klauen! Auf solch eine Schnapsidee könnt auch nur ihr drei Hirnis kommen.« Dann wurde Barbara sachlich. »Vielleicht weiß ich ein Versteck. Holt mich um fünf Uhr bei Kerstin ab. Heut Nachmittag treffe ich mich ja mit ihr und Johannes. Krippenspiel aussuchen. Aber ich garantiere für nichts! Wenn's auffliegt, war es nicht meine Schuld. Ist das gecheckt?«

»Was für ein Versteck?«, fragte Lasse zappelig vor Eifer.

Barbara streckte die Zunge raus. »Wartet nur ab!«

Kennt Barbara wirklich ein Geheimversteck?

Lies morgen weiter!

10. Dezember

Die Ponys im Badezimmer

Es begann schon zu dunkeln, als Kerstin, Johannes und Barbara aus dem Haus kamen. Sie tuschelten noch ein bisschen, dann hüpfte Kerstin ins Haus zurück. Johannes eilte davon.

Barbara schaute suchend die Straße hinauf und hinunter, dann sah sie die drei Jungen, die in einer Toreinfahrt auf sie gewartet hatten. Jonas winkte ihr zu. Nacheinander, damit es nicht auffiel, huschten sie in die schmale Seilergasse hinein und strebten stadtauswärts.

»Meine Mutter hat mich vorhin mit dem Kombi hergefahren«, sagte Barbara, »und eigentlich wollte sie mich auch wieder bei Kerstin abholen. Ich hab ihr aber verklickert, ein paar Leute aus der Klasse würden mich nach Hause bringen, weil die noch eine Abendwanderung durch den Schnee machen wollten.«

»Ist doch logo, dass wir dich nachher heimbringen«, erklärte Lasse feierlich. »Wir lassen doch eine Dame nicht allein durch die Dunkelheit schreiten.«

Barbara gluckste. »Du und deine Sprüche!« Dann schimpfte sie: »Ich glaube, ich hab fast genauso 'ne Meise wie ihr irre Chaoten. Dass ich mich auf den Kram eingelassen habe! Bei mir piept's auch. Ponys klauen!«

»Moment mal!«, protestierte Mehmet. »Wenn wir nicht auf die Idee mit den Ponys gekommen wären, dann wär der Mist, den der olle Vossbeck abzieht, auch gar nicht aufgeflogen. Dass die Ponys abgemurkst werden sollten, meine ich.«

»Da ist was dran«, sagte Barbara. »Und jetzt häng ich mit drin. Hopp, hopp, wir müssen uns beeilen. Das ist noch ein langer Weg.«

»Nun spuck's endlich aus, Barbara!«, forderte Jonas. »Was für ein Versteck hast du dir für die Ponys ausgedacht?«

»Die alte Försterei im Pfrunger Wald. Kennt ihr die?«

Die drei Jungen kannten sie nicht.

Barbara erklärte, das Forsthaus stehe seit dem Tod von Förster Geißbühler leer und gammele vor sich hin, denn die Stelle sei nicht neu besetzt worden, weil der Wald nun von der Forstbehörde der Kreisstadt verwaltet werde. »Nur wenn mal eine Jagdgesellschaft angetrudelt kommt, wird das Forsthaus aufgeschlossen. Aber da ist vorläufig nichts geplant, ich hab mich informiert. Das Haus liegt ungefähr zwei Kilometer von unserem Hof entfernt.«

Lasse meldete Bedenken an. »Klingt ja schön und gut, aber wie kommen wir rein in den Schuppen?«

Barbara zog einen riesengroßen Schlüssel aus der Manteltasche und hielt ihn Lasse unter die Nase. »Hiermit. Der wird nämlich bei uns aufbewahrt, der Schlüssel. Ich hab ihn mir heimlich unter den Nagel gerissen. Das fällt nicht weiter auf, wenn der Schlüssel mal nicht in der Krimskramsschublade liegt.«

Mehmet schlug Barbara lachend auf die Schulter. »Willkommen im Klub der Diebe!«

Mit der Dämmerung hatte wieder leichter Schneefall eingesetzt. Silbriger Pulverschnee war das. Der würde die Ponyspuren zudecken.

Sie waren außer Puste vom schnellen Laufen. Geduckt arbeiteten sie sich durch das Buschwerk zu Oma Cillys Häuschen vor. Lasse schlich voran und spielte wieder den Schlangenmenschen. Als sie die Tür zum Badezimmer aufrissen, bot sich ihnen im Funzellicht der verhüllten Wandlampe ein Bild des Grauens.

»Jetzt krieg ich 'nen Herzschlag«, hauchte Lasse.

Barbara entgegnete sachlich: »So ungefähr habe ich mir das vorgestellt.«

»Als wenn eine Bombe eingeschlagen hätte«, meinte Mehmet.

»Die armen Shettys!« Barbara watete durch den Dreck und tätschelte die Ponys.

»Wieso Shettys?«, fragte Jonas.

»Weil das Shetlandponys sind.«

»Ach!« Jonas guckte verdutzt. »Ich denk, das sind Islandponys.«

Barbara kicherte. »Denk lieber nicht. Davon kriegst du bloß Kopfschmerzen. Islandponys sind viel größer.«

Die drei Ponys schnaubten empört und schüttelten unwillig Schwänze und Mähnen. Ihre Blicke schienen zu sagen: Wieso sind wir hier eingesperrt und nicht auf unserer Wiese? Wieso habt ihr uns allein gelassen?

Lasse zog das Handtuch von der Wandleuchte. Bei Helligkeit wurde das Chaos erst richtig sichtbar.

Der Fußboden war gänzlich vermistet und verpinkelt und zermatschte Futterreste schwammen in den Pfützen. Badetücher, Fußmatten, Kämme und Bürsten waren zerkaut und abgeknabbert. Die Ponys hatten sogar die Seife gefressen. Die Klobrille konnte man vergessen und den Wäschekorb auch. Die Kartoffelsäcke waren nur noch Fetzen.

»Oma Cilly darf niemals erfahren, dass ich was mit diesem Schlachtfeld zu tun habe«, jammerte Lasse, »die bringt mich sonst um. Hoffentlich denkt sie, dass ein Einbrecher hier war.«

Barbara zeigte Lasse den Vogel. »Einbrecher sind ja auch dafür bekannt, dass sie Ponyscheiße am Tatort zurücklassen. Wie kann man nur solchen Käse quatschen! Ist deine Oma 'ne Tierfreundin?«

»Und was für eine!« Lasse fischte Kohlstrünke aus der Badewanne. »Die ist sogar im Tierschutzverein.«

»Dann gibt's nur eins«, erklärte Barbara. »Du musst ihr die ganze Wahrheit beichten. Wenn sie erfährt, dass du mitgeholfen hast Ponys vor dem Metzger zu bewahren, wird sie dir garantiert verzeihen. So einigermaßen jedenfalls. Und den gröbsten Mist müssen wir jetzt beseitigen, bevor wir mit den Shettys abhauen.«

Lasse besorgte aus dem Keller Besen und Schaufeln. Unter Barbaras Regie betätigten die drei Jungen sich als Putzmänner. Gegen den Gestank konnten sie aber nichts tun, denn sie durften nicht wagen das Fenster zu öffnen. Von Sauberkeit konnte anschließend zwar keine Rede sein, aber es sah zumindest nicht mehr gar so schrecklich aus.

Dann kam der gefährlichste Teil des Abends. Schafften sie es ungesehen mit den Ponys zu verschwinden? Barbara hatte aus den Seilen so etwas wie Behelfshalfter geknüpft, damit konnte man die Tiere besser führen. Mehmet wurde als Scout hinausgeschickt, damit er die Lage peilte. Vor Aufregung und Kälte zitternd, kam er bald zurück und meldete, dass weit und breit kein Mensch zu sehen sei.

Also raus aus dem Haus mit den Ponys! Jonas, Barbara und Mehmet führten die Tiere. Lasse musste erst noch absperren und durch das Kellerfenster kriechen. Geduckt folgte er der kleinen Karawane ins Gebüsch hinein.

Barbara flüsterte: »Ich laufe immer ein Stück voraus, klar? Wenn ich das Zeichen gebe, kommt ihr mir nach.«

Werden sie den Weg zum alten Forsthaus schaffen?
Lies morgen weiter!

11. Dezember

Durch den finsteren Wald

Das war ein Abenteuer! Unbemerkt hatten sie den Waldrand erreicht. Zwar rieselte noch immer feiner Schnee herab, trotzdem flirrte da eine seltsame Helligkeit vom Firmament hinunter und verzauberte das Land. Zwischen den milchigen Wolkenschlieren blitzten Sterne auf. Mehmet erkannte im Süden das gewaltig große Sternbild des Orion, am Nordhimmel funkelte der Große Wagen. Die Mondsichel glänzte verschwommen. In den Fichtenstämmen knisterte der Frost. Verwilderte Tauben gurrten klagend in den Wipfeln und Kaninchen, aus den Schlafhöhlen aufgeschreckt, wetzten ins dunkle Unterholz davon. Ein größeres Tier brach plötzlich aus dem Gewirr des verwelkten Farns.

»Was war das?«, fragte Jonas mit zittriger Stimme.

Barbara beruhigte ihn. »Nur ein Reh. Brauchst keinen Schiss zu haben. Löwen gibt's hier nicht.«

»Aber Gespenster«, kicherte Lasse. »Jonas hat ja grade eins gesehen. Ist es noch weit bis zum Försterhaus?«

»Viertelstündchen noch«, sagte Barbara über die Schulter, »höchstens. Den Shettys macht die Lauferei nichts aus, die freuen sich über Bewegung.«

Barbara ging voraus die Schneise hinauf. Forstfahrzeuge hatten tiefe Spuren im weichen Boden hinterlassen. Jetzt lag eine Schneedecke darüber und man musste Acht geben, dass man nicht ausglitt.

Die Jungen liefen im Gänsemarsch hinter Barbara her, jeder führte ein Pony am Strickhalfter. Immer wieder bissen die Shettys in tief hängende Zweige von Büschen und Bäumen. Sie schienen hungrig zu sein.

»Leute, mir ist richtiggehend weihnachtlich im Bauch!«,

verkündete Jonas. Er wollte noch mehr sagen, doch dann hielt er vor lauter Verwunderung erst einmal den Mund.

Sie hatten nämlich das Forsthaus erreicht. Eine Lichtung weitete sich und in der Mitte ragte das zweigeschossige Haus wie ein verwunschenes Schlösschen aus einem Märchen auf. Spukig, ganz klar! Spitze Giebelchen waren zu erkennen, die Fenster waren mit Blendläden verschlossen. Es gab eine Haustür mit drei Stufen davor und eine Art Scheunentor an der Westseite. Barbara ging zielstrebig auf dieses Tor zu und fummelte den Schlüssel aus der Tasche.

Mehmet staunte und staunte. »Klasse Hütte! Das wär ein Häuschen für mich, aber echt.« Dass ihm auch mulmig zu Mute war, verriet er selbstverständlich nicht.

Knarrend wie die Türen der Geisterschlösser in den Filmen öffneten sich die Torflügel, als Barbara aufgeschlossen hatte. Sie kannte sich gut aus, denn sie war ja nicht zum ersten Mal hier. Zögernd traten die Jungen näher.

»Strom gibt's hier längst nicht mehr«, erklärte Barbara. »Lasse, leuchte mir mal mit der Taschenlampe!«

Nun sahen die Jungen, dass eine große Petroleumlampe an einem Balken hing. Barbara hatte auch an Streichhölzer gedacht. Sie fingerte ein wenig an der Lampe herum, dann erhellte warmes Licht den ausladenden Dielenraum, der war fast so groß wie eine Turnhalle. So kam es jedenfalls den Jungen vor. Das Lampenlicht zog die Ponys magisch an. Ihnen schien dieser geräumige Stall zu gefallen.

»Toll hier!«, flüsterte Lasse beeindruckt. »Das ist wirklich das geilste Ponyversteck der Welt. Du bist 'ne Wucht, Barbara! Ohne dich hätten wir total auf dem Schlauch gestanden. Aber was ist, wenn hier Waldarbeiter auftauchen? Holzfäller oder so.«

Barbara hob beschwichtigend die Hand. »Die kommen erst,

wenn der Waldboden gefroren ist, die Holzfäller. Ich schätze, erst im Januar. Aber am Wochenende könnten vielleicht Spaziergänger vorbeiwandern. Die müsst ihr irgendwie austricksen, wenn sie zu neugierig werden. Am Wochenende müsst ihr auf der Hut sein. Aber sonst könnt ihr die Shettys getrost am Nachmittag ein bisschen durch den Wald führen. Hier ist es einsam.«

Jonas wurde dennoch von allerlei Zweifeln geplagt. »Könnte ja irgendwie Zufall sein, aber was passiert, wenn so ein Fuzzy von den Waldarbeitern uns entdeckt oder wenn er die Ponys bemerkt? Wenn wir grad in der Schule sind . . .«

»Dann haben wir ein Problem«, gab Barbara zu. »Aber dann wird wahrscheinlich erst einmal mein Vater informiert. Dem müsste ich dann wohl die Sachlage beibiegen. Verpfeifen wird der uns nicht, nee, so einer ist der nicht, nur könnte es sein, dass wir dann die Ponys rausrücken müssen. Lasst uns mal nicht mit dem Schlimmsten rechnen!«

Mehmet guckte sich aufmerksam in der Diele um. Türen, die in die Wohnung führten, eine Treppe zum Obergeschoss, Kräuterbündel am Gebälk, kaputte Möbelstücke in den Ecken. Über allem eine dicke Staubschicht. Da lagen auch Reste von Heu und Stroh auf den Holzbrettern des Fußbodens herum. Anscheinend hatte der Förster damals hier ein paar Tiere gehalten. Schon hatten die Ponys erschnuppert, dass es etwas zu fressen gab, und sie machten sich über die Futterreste her.

»Dass die so uraltes Zeug futtern!« Jonas wollte es kaum glauben. »Das ist doch alles voll Dreck.«

Barbara sagte: »Ponys sind nun mal genügsame Tiere. Aber was Frisches muss trotzdem her. Lasse, Mehmet, geht mal mit der Taschenlampe in den Wald und holt 'ne anständige Menge Fichtengrün und Kiefernzweige. Das knabbern die Shettys gern. Kann ruhig Schnee dran sein.«

Die beiden Jungen gingen sofort ans Werk. Jonas musste einen alten Eimer mit Schnee füllen. Wasser für die Ponys, erklärte Barbara. Sie ermahnte Jonas aber auch unbedingt dafür zu sorgen, dass am nächsten Tag kräftiges Futter herangeschafft würde: Rüben, Körner, Karotten, Äpfel . . .

Als sie die Tiere versorgt hatten, löschte Barbara das Licht. Feierlich reichte sie Lasse den großen Schlüssel. »So, ab jetzt müsst ihr hier den Laden schmeißen. Verlier bloß nicht den Schlüssel, Lasse!«

»Hältst du mich für plemplem?«, fragte Lasse empört.

»Ja«, sagte Barbara.

»Tschüss, ihr schönen Ponys!«, rief Mehmet. »Habt keine Angst, wenn's dunkel ist! Morgen kommen wir ja wieder.«

Die Augen der Ponys schimmerten im Dunkeln.

Lasse schloss das Tor sorgfältig ab. Die Jungen brachten Barbara nach Hause. Sie waren sehr froh, dass sie so viel Ahnung von Tieren hatte.

»Habt ihr euch den Weg gut gemerkt?«, fragte Barbara, als der Hof in Sicht kam. »Nicht dass ihr morgen wie die Deppen durch den Wald irrt!«

»Mach dir mal keine Sorgen«, sagte Lasse. »Also dann, bis morgen in der Schule!«

Barbara machte sich aber doch Sorgen. Rasch rannte sie zum Hof hinüber. Ein Hund bellte fröhlich.

Wird alles gut gehen mit den Ponys im Geheimversteck?
Lies morgen weiter!

12. Dezember

Ein Städtchen voller Ponyretter

Keine Frage, das hatte mit der vorweihnachtlichen Gemütslage zu tun, dass sich plötzlich das ganze Städtchen für das Leben der Ponys vom ollen Vossbeck engagierte. Die Aktion der Schülerinnen und Schüler hatte sich rasch herumgesprochen. Für die Reporterin Ilse Weigle vom *Kreisblatt* war der Fall natürlich ein willkommenes Thema. Auf ergreifende Geschichten war sie spezialisiert und also sprang sie sozusagen mit Anlauf in die Aktion *Rettet die Ponys!* hinein. Sie ließ Kinder, Jugendliche und Erwachsene zu Wort kommen, die sich alle empört zeigten über die Vorstellung, dass niedliche Ponys geschlachtet und verwurstet werden sollten. Erste Protestmärsche zum Hof des ollen Vossbeck wurden arrangiert.

Wie es sich gehört, ließ Ilse Weigle auch den ollen Vossbeck seine Meinung sagen. Das Interview stand in der Zeitung. Vossbeck gab zu bedenken, dass Schweine und Jungbullen, Schafe und Hasen, Truthähne, Enten, Gänse und Hühner auch schöne Tiere seien, aber kein Mensch würde sich aufregen, wenn man sie schlachtete und ihr Fleisch zu Weihnachten als Braten verspeiste. Gut, Ponys seien vielleicht ein bisschen kuscheliger, aber er sehe da grundsätzlich keinen Unterschied. Dass er eigentlich Recht hatte, interessierte die Leute aber nicht sonderlich. Doch der olle Vossbeck witterte gleich ein neues und einträglicheres Geschäft. Er meinte, über die Vorschläge, die ins Gespräch gebracht wurden, könne man mit ihm reden, denn er sei ja kein Unmensch.

Und das waren die Vorschläge: Geschäftsleute, Firmen und Privatpersonen sollten Patenschaften für Ponys übernehmen und eine monatliche Gebühr für die Lebenshaltungskosten der Tiere bezahlen. Andere meinten, mithilfe der Schulen und der Kindergärten könnte ein Ponyhof eingerichtet werden mit organisierten Reitstunden, natürlich zu angemessenen Preisen. Es gab auch die Idee einzelne Ponys an Familien zu verkaufen, weil so ein Pony doch ein großartiges Weihnachtsgeschenk darstelle.

Es wurde auch berichtet, dass es noch keinerlei Hinweise auf die drei verschwundenen Ponys gebe. Die Polizei hatte die Suche eingestellt. Kommissar Nowack äußerte in der Zeitung die Vermutung, dass irgendein Tierliebhaber die Ponys eingefangen und per Lastwagen in eine andere Gegend verfrachtet haben könnte.

Mehmet, Lasse und Jonas waren sich einig, als sie am Morgen auf dem Schulhof die Köpfe zusammensteckten: Besser hätte sich die Sache gar nicht entwickeln können! Und dass sie das alles ins Rollen gebracht hatten, machte sie mächtig stolz.

Barbara kam zu ihnen herübergeschlendert. »Na, ihr Ponydiebe? Das läuft ja wie geschmiert. Wollt ihr nach der Schule die Shettys besuchen und Futter ins Forsthaus schaffen?«

»Das ist doch wohl Ehrensache!«, erklärte Lasse. »Und sauber machen werden wir auch. Wegen der Hygiene, verstehst du?«

Barbara grinste. »Lasse und die Hygiene! So kenne ich dich noch gar nicht.« Weil ein paar andere Schüler in die Nähe kamen, flüsterte sie: »An der Ecke der Schneise, wo wir gestern Abend in den Wald gegangen sind, habe ich vorhin eine Tüte mit Pellets hinter 'nem Holzstapel versteckt. Stibitzt aus unserem Pferdestall.«

»Pellets?« Jonas guckte verständnislos. »Was soll das denn sein?«

»Das *soll* nichts sein, das *ist* was. Kraftfutter nämlich. So

braune Knubbel. Alle Pferde und alle Ponys fressen das gern. Und ein Bündel Heu hab ich auch dazugelegt.« Barbara sah, dass ihre Freundin Fatma aus dem Schulbus stieg, und hatte nun keine Zeit mehr für Mehmet, Lasse und Jonas.

An diesem Vormittag hatten die Jungen es schwer sich auf den Unterricht zu konzentrieren. Mit ihren Gedanken waren sie draußen in der alten Försterei bei dem bräunlichen, dem rötlichen und dem gelblichen Pony. Erdkunde, Deutsch, Mathematik, Englisch . . . Wie langsam und zäh sich die Schulstunden hinzogen! Miss Flowerfield erinnerte noch einmal daran, dass die 6c am Nachmittag vollständig zur Probe zu erscheinen habe.

»Ich dachte, wir wollten jetzt schon mal die Rollen verteilen!«, rief Susanne. »Ich habe nämlich schon ein paar Vorschläge.«

»Es ist besser, wenn wir das am Nachmittag besprechen«, erwiderte die Klassenlehrerin. »Frau Schniedermann wird nämlich auch kommen. Wir haben uns etwas Besonderes ausgedacht.«

Mattes meldete sich. »Wie viele Klassen machen eigentlich mit bei dem Wettkampf?«

»Von unserer Schule seid ihr die Einzigen, die ein Krippenspiel aufführen wollen«, sagte Miss Flowerfield. »Ich hab gehört, dass sich von den anderen Schulen bisher fünf Klassen bei der Sparkasse gemeldet haben.«

»Nur so wenige?« Johannes war enttäuscht.

Julia, das Mathe-Genie der 6c, meinte aber: »Das erhöht unsere Gewinnchancen! Doch eins versteh ich nicht. Wieso will denn auch die Frau Schniedermann zu unserer Probe kommen? Die gibt doch nur Sport!«

»Weil sie vom Tanzen viel Ahnung hat«, erklärte Frau Blumfeld und lächelte hintergründig. »Lasst euch überraschen!

Und nun Schluss mit lustig! Schlagt die Bücher auf! Wir waren auf Seite achtundvierzig. *What kind of a bird are you?*«

Lasse hörte kaum hin. Er dachte: Und dann noch zwei Stunden Sport! Ob wir einfach verduften?

Nein, sie verdufteten nicht, aber gleich nach Schulschluss rannten sie los. Auf Umwegen und Haken schlagend raus aus der Stadt, geduckt an den Wallhecken vorbei, in großem Bogen um das Gehöft von Barbaras Eltern – und hin zur Wegbiegung am Waldrand, wo die Schneise begann. Hinter dem gestapelten Holz fanden sie den Papiersack mit Futter und das Heubündel. Es war still im Wald. Selbst ihre Schritte verursachten nur leises Knirschen auf dem verschneiten Boden.

Dann erreichten sie das einsame Försterhaus. Lasse schloss das Tor auf. Die Ponys freuten sich ganz offensichtlich über den Besuch der drei Jungen. Sie hatten im Halbdunkel herumgestanden, weil durch das verstaubte Fenster über dem Eingang nur wenig Licht in die Diele drang. Aber nun flutete Helligkeit herein. Die Jungen umarmten die Shettys, die ihnen entgegentrippelten.

»Es gibt was zu futtern!«, rief Mehmet.

»Und hinterher machen wir einen Spaziergang durch den Wald«, sagte Jonas. »Was für warme Nasen die Ponys haben!«

Lasse stöhnte. »Die Köttel müssen wir auch noch rausschaffen. Drückt bloß die Daumen, dass wir das bei der Rollenverteilung geregelt kriegen!«

Die Ponys machten sich schmatzend über die Pellets her.

Ob die Jungen die Rollen der Heiligen Drei Könige erwischen?
Lies morgen weiter!

13. Dezember

Drei Könige im Glück

Sie hatten sich im Musikraum versammelt, weil hier mehr Platz war für die Proben, denn dass da irgendetwas mit Musik und Tanzerei angesagt war, hatte Miss Flowerfield ja schon durchblicken lassen. Die Mädchen und Jungen schnatterten und kicherten erwartungsvoll durcheinander. Johannes, Kerstin und Barbara hatten sich für das Krippenspiel *Das Wunder des Sterns* entschieden. Die Klassenlehrerin verteilte die Texte.

Frau Schniedermann, die Sportlehrerin, war also auch gekommen. Sie gab eine Erklärung ab. »Jetzt haltet mal alle den Mund! Ihr wisst selber, dass die meisten Weihnachtsspiele reichlich süß und ziemlich kitschig sind. Auch das Spiel, das ihr aufführen sollt, reißt einen nicht gerade vom Stuhl. Aber wir machen was draus!«

»Jau!«, krähte Kevin. »Aber was ist das, was wir daraus machen? Was Witziges?«

Die Sportlehrerin winkte ab. »Also, ein bisschen ernsthaft muss ein Krippenspiel schon sein, das erwarten die Leute. Aber man kann das ja auch etwas auflockern. Ich stelle mir das mit Elementen eines Musicals vor. Moderne Rhythmen, viel Tanz, fetziger Chorgesang.«

»Da steig ich voll mit ein!«, brüllte Mattes begeistert. »Ich steh auf Michael Jackson. Soll ich 'n Video mitbringen? Dann üben wir auch solche zuckenden Tanzeinlagen ein. Ich zum Beispiel als Josef. Ba-ba-ba . . .« Mattes machte es vor, wie er sich einen rockenden Josef vorstellte. Er bekam viel Beifall.

Auch Frau Schniedermann klatschte in die Hände. »Die Richtung ist schon so ungefähr in Ordnung, aber wir wollen ja keine Herde von Einzeldarstellern haben, wir müssen das choreografisch schon ein bisschen organisieren. Wir haben die Gruppe der Engel und die Gruppe der Hirten. Ich stelle mir vor, dass beide Gruppen sich zu gemeinsamem Tanzen und Singen vereinigen. Ich habe schon mal ein paar Melodien auf dem Synthesizer ausprobiert. Spiele ich euch nachher mal vor.«

»Hört sich cool an, die Idee!«, rief Sebastian. »Ich steige dann mit meinem Schlagzeug ein.«

Die Sportlehrerin hatte nichts dagegen. »Ich denke, wenn der Verkündigungsengel sein *Gloria in excelsis deo* gerufen hat, sollten wir sofort . . .«

»Langsam! Langsam!« Miss Flowerfield protestierte lachend. »Ob wir nicht vielleicht erst einmal über die Rollenverteilung sprechen sollten?«

Lasse schnellte vom Stuhl auf. »Ich und Mehmet und Jonas, wir wollen die Heiligen Drei Könige spielen! Erstens passen wir prima zusammen und zweitens haben wir uns schon eine Überraschung ausgedacht, weil das ja eine moderne Aufführung werden soll. Wir haben nämlich . . .«

»Spinnst du total?«, zischte Mehmet. »Quatsch bloß nicht über unser Geheimnis, du Tünnes!«

Lasse guckte den Freund nur spöttisch an, als wollte er sagen: Jetzt hältst du mich wohl auch für übergeschnappt, wie? Dann redete er unbeirrt weiter: »Wir haben uns nämlich schon Gold, Weihrauch und dieses andere Zeug besorgt. Myrrhe, meine ich. Da ist es ja wohl logisch, dass wir als Könige aus dem Morgenland auftreten. Hat jemand was dagegen?«

»Und ob! Ich hab was dagegen!« Fatma fuhr wild in die Höhe und strampelte wie ein überdrehtes Rumpelstilzchen herum. »Ich will auch einen von den Königen spielen. Wieso sollen denn nur die Jungs die schönsten Verkleidungsrollen bekom-

men? Ich hab zu Hause 'ne Bettdecke mit silbrigen Fäden und eine Krone aus Metallfolie mach ich mir.«

»Jetzt wird es hart!«, knurrte Jonas.

Die Mädchen machten sofort Front gegen Lasse, Jonas und Mehmet und ergriffen lauthals Partei für Fatma. Das sei antifeministisch, was die Jungen da durchzuziehen versuchten, und komme überhaupt nicht in Frage. Auch ein Mädchen könne ein heiliger König sein im Krippenspiel.

Ausgerechnet Frau Schniedermann klärte dann die Lage zu Gunsten von Mehmet, Jonas und Lasse. »Natürlich haben die Mädchen Recht!«, rief sie in den Tumult hinein und erbat sich, sogar mit Erfolg, allgemeines Schweigen. »Aber Fatma ist nun einmal unsere Beste beim Tanzen. Sie macht doch sogar bei den Balletttänzern der Volkshochschule mit. Also, nichts für ungut, Fatma, aber dich brauche ich unbedingt als Vortänzerin. Da gibt es auch mehr Action als bei den Heiligen Drei Königen.«

Lasse dachte: Wenn Sie sich mal bloß nicht irren, Frau Sportlehrerin! Aber zusammen mit Mehmet und Jonas schwebte er nun auf Wolke sieben, weil es keinen weiteren Widerspruch gab. Sie hatten ihre Traumrollen im Sack!

Es wurde anschließend reichlich hektisch, als um die einzelnen Rollen gefeilscht wurde. Kerstin zum Beispiel übernahm erst dann die Rolle der Muttergottes, als Frau Blumfeld ihr zusicherte, sie könne diese Rolle absolut zeitgemäß anlegen und in Jeans und Pulli auftreten. Bloß einen blauen Umhang solle sie symbolisch über Kopf und Schultern legen, um an den Stall von Bethlehem zu erinnern.

Die drei glücklichen Könige bekamen ihre Texte und lasen sich gegenseitig vor, was sie alles aufzusagen hatten bei der Aufführung.

Lasse sprach mit großer Geste den Anfang der Rede vor der Krippe:

»Nun wandern wir schon Tag um Tag
dem hellen Stern am Himmel nach.
Er winkt und leuchtet für und für.
Den neuen König suchen wir.«

Jonas fand diese Zeilen nicht besonders stark. Er meinte: »Die Wörter *Tag* und *nach* reimen sich überhaupt nicht richtig. Und eine ganz wichtige Änderung müssen wir sowieso erst einmal vornehmen. Wir *wandern* ja nicht, wir *reiten.«*

Mehmet war der Ansicht, dass es auf das ganze Gequatsche gar nicht ankomme, sondern auf die große Show. »Wenn wir angeritten kommen, jubeln die Zuschauer vor Begeisterung, das steht doch wohl fest. Was wir dann so reden, das geht im Beifall unter. Wetten?«

Jonas und Lasse sahen das ähnlich.

Anschließend wurde noch beschlossen, dass in der Krippe keine Puppe liegen sollte, sondern dass ein weißes Tuch alles verhüllen müsse, was ja auch sehr modern und diskret sei. Den Heiligen Drei Königen war das piepegal. Sie waren in Gedanken bei ihren Reittieren draußen im Wald.

»Ich hoffe bloß, dass kein Schwein unsere Ponys entdeckt«, sagte Jonas. »Ich hab so 'n schummeriges Gefühl.«

Lasse versuchte zu beruhigen. »Männer, gleich morgen Mittag besuchen wir die Shettys doch wieder. Denkt dran, anständig Futter zu sammeln! Barbara muss uns auch ein bisschen helfen.«

Werden die Ponys die Nacht gut überstehen?
Lies morgen weiter!

14. Dezember

Eine rätselhafte Spur

Die drei hübschen Ponys überstanden die Nacht gut. Jedenfalls waren sie putzmunter, als die Jungen sie am nächsten Mittag besuchten. Allerdings gaben sie ihnen deutlich zu verstehen, dass sie Bewegung brauchten draußen im Winterwald und dass die Futterfrage durchaus ein bisschen besser organisiert werden könnte. Das war schon eine Menge Arbeit: die Dielen des Forsthauses auszumisten, mit den Shettys durch das Unterholz zu stürmen und ausreichend Nahrung zu besorgen. Lasse, Jonas und Mehmet unternahmen auch erste Reitversuche. Nach einigen Stürzen klappte es ganz gut. Lasse hütete den großen Schlüssel zum Forsthaus wie einen wertvollen Schatz.

So ging das einige Tage. Dann gestand Barbara den Jungen, dass sie ihre Freundin Fatma in das Geheimnis eingeweiht habe, weil Freundinnen nun mal keine Geheimnisse voreinander haben dürften.

»Du Verräterin!«, fauchte Jonas empört. »Weißt du, dass du einen heiligen Schwur gebrochen hast? Meineidige kommen in die Hölle.«

Barbara sah das nicht so eng. Außerdem werde Fatma kein Wörtchen weitersagen und sie habe ja auch manchmal sehr kreative Einfälle. »Beim Futterbesorgen könnte das ja wohl von Nutzen sein«, sagte sie. »Ich muss vorsichtig sein zu Hause. Allein bin ich überfordert euch dauernd mit Futterlieferungen zu unterstützen.«

Und was Fatmas kreative Einfälle betraf, dafür lieferte sie sofort einen Beweis. Es war ja auch gar keine Lüge, als sie in der Schule herumerzählte, da seien Tiere in Not, weil der Winter so hart zugeschlagen habe, darum sollten alle von zu

Hause Essensreste mitbringen: Obst, Gemüse aller Art, Zwieback, Haferflocken, trockenes Brot, Maiskolben . . . Sie schleppte einen großen Sack an und sammelte und sammelte. Die Mädchen und Jungen dachten wohl, es handele sich um die Unterstützung eines kleinen Wanderzirkusses, der irgendwo in die Umgebung das Winterlager aufgeschlagen hätte, und Fatma und Barbara ließen sie in dem Glauben. Mehmet, Jonas und Lasse konnten nur staunen. Das war eine enorme Hilfe, die die Mädchen leisteten.

Klar, Fatma wollte die Shettys nun auch selber sehen. An einem Nachmittag zogen sie zu fünft in den Wald. Fatma beschmuste die Ponys noch und noch und ließ sich von ihnen beschmusen. Anschließend erwies sie sich als geschickte Reiterin.

Barbara wiederholte ihre Mahnung an die Jungen. »Jetzt am Wochenende müsst ihr auf Zack sein! Bei solch prächtigem Winterwetter streifen garantiert ein paar Wanderer durch den Wald. Was ist, wenn sie die Fußabdrücke der Shettys im Schnee sehen?«

Auch da hatte Fatma eine Idee. »Wir zertrampeln die Spuren von den Ponys. Unsere Fußspuren sind ja nicht verdächtig. Und mit Reisigbesen können wir auch noch etwas nachhelfen.«

Gesagt – getan! Sie machten sich gemeinsam an die Arbeit.

Die Eltern von Jonas, Mehmet und Lasse wunderten sich sehr. In jeder freien Minute liefen die Jungen los, um für das Krippenspiel zu proben. Ging das mit rechten Dingen zu? Aber es war ja Vorweihnachtszeit, die Ferien standen bevor – da benahmen sich ja alle Leute ein bisschen seltsam. Also fragten die Eltern nicht weiter und die Jungen verrieten selbstverständlich nicht, dass sie zwar auch mit den Proben beschäftigt waren, im Grunde aber viel wichtigere Dinge zu

erledigen hatten. Dieses wunderbare Gefühl hielt an. Wenn die anderen wüssten! Mehmet, Lasse und Jonas freuten sich geradezu diebisch auf den Tag der großen Überraschung. Ihre Gedanken drehten sich nur noch um die drei Ponys, den Auftritt der drei berittenen Könige und die Sensationsberichte in den Zeitungen, die es selbstverständlich geben würde. Ob vielleicht auch Fernsehteams kommen würden, um Interviews und Filmaufnahmen zu machen? Auszuschließen war das jedenfalls nicht! Schulunterricht und Hausaufgaben spielten untergeordnete Rollen. Wennschon! Bald gab's ohnehin Ferien.

Am Freitagnachmittag waren die drei Jungen wieder auf dem Weg zur Försterei. Die Luft war kalt und klar. Wie immer nutzten Lasse, Mehmet und Jonas Böschungen und Hecken als Deckung. Sie hatten einen prall gefüllten Futtersack bei sich. Erst im Fichtenwald konnten sie wieder aufrecht laufen. Krähen krächzten aufgeregt.

Ganz plötzlich verharrte Jonas in der Bewegung. »Da! Schaut euch das an!«

Lasse und Mehmet kamen vorsichtig näher. Sie erkannten sofort, was Jonas meinte. Da begann ihnen auf einmal das Herz wie wild zu klopfen, da wurden die Knie weich wie Apfelmus, da fiel das Schlucken schwer.

»Spuren!«, flüsterte Mehmet mit heiserer Stimme. »Von Menschenfüßen!«

Lasse ging in die Hocke. »Dass die nicht von 'nem Walross stammen, sieht ja wohl ein Blinder mit Krückstock.« Er gab sich Mühe das Zittern seiner Stimme zu unterdrücken. »Profilsohlen.« Lasse zeichnete mit dem Zeigefinger die deutlichen Muster im Schnee nach. »Irgendwelche Sportschuhe oder so. Mindestens Schuhgröße vierzig. Scheiße!«

»Und was machen wir, wenn jetzt unser Geheimversteck

auffliegt?«, fragte Mehmet. Panik schwang in seiner Stimme. Dann versuchte er zu witzeln. »Kann ja sein, dass es bloß der Weihnachtsmann war.«

»Und was ist das hier?« Jonas hatte noch mehr entdeckt. Er beugte sich über eine Linie im Schnee, die neben der Fußspur verlief. »Von 'nem Weihnachtsmannschlitten stammt das jedenfalls nicht.«

»Von einem Fahrrad!« Lasse war sich da ganz sicher. »Aber wer zum Teufel schiebt im Winter ein Fahrrad durch den Wald? Da stimmt doch was nicht!«

Mehmet ballte die Fäuste, um sich Mut zu machen. »Wir müssen der Spur folgen. Wie die Apachen. Wenn sie zum Försterhaus führt, haben wir ein Problem. Ein ganz dickes sogar.«

Die Jungen huschten weiter. Zuerst wies die rätselhafte Spur zum Zaun einer Schonung, lief dann aber weiter auf die Schneise zu. Und am Ende der Waldschneise lag das alte Forsthaus – da biss nun mal keine Maus einen Faden ab!

»Könnt ihr was von den Ponys hören?« Jonas lauschte angestrengt. »Wiehern oder so? Oder sonst etwas?«

Keiner konnte irgendeinen Laut hören.

Lasse raunte: »Ich wette, die Spur führt genau zum Forsthaus. Und 'ne Rückwärtsspur ist ja wohl nicht zu erkennen. Wisst ihr, was das bedeutet?«

Natürlich wussten Mehmet und Jonas das.

»Jetzt müssen wir verdammt mutig sein«, sagte Lasse. »Los, weiter!«

Was erwartet die drei Jungen im alten Forsthaus?

Lies morgen weiter!

15. Dezember

Geister husten nicht

Sie suchten hinter dicken Baumstämmen Deckung und näherten sich Meter für Meter dem Forsthaus. Da flüsterte nur der leichte Westwind, da piepsten irgendwo kleine Vögel, da tuckerte weit in der Ferne ein Trecker, aber Verdächtiges war weder zu hören noch zu sehen.

Lasse gab ein Handzeichen, dann sausten sie geduckt los zum Dielentor. Nichts tat sich. Hier war von ihren eigenen Fußabdrücken so viel Schneematsch zertrampelt worden, dass fremde Spuren sowieso nicht auffallen konnten. Lasse zog den Schlüssel aus der Tasche und steckte ihn ins Schloss.

»Erst mal prüfen, ob die Tür nicht schon offen ist«, meinte Mehmet. »Und keinen Krach machen!«

Jonas wisperte: »Ich hab das Gefühl, wir werden beobachtet. So 'n komisches Prickeln in der Nase. Versteht ihr?«

Lasse zog am Griff des Tores. »Zu«, stellte er fest. Dann schloss er auf. »Hier ist kein Schwein«, sagte er, als er mit zusammengekniffenen Augen ins Halbdunkel der Diele spähte. »Hallo, ihr Hübschen!« Damit meinte er die Ponys.

Die Shettys hatten die Geräusche an der Tür schon wahrgenommen und kamen herangeeilt. Heftige Schubser gegen Arme, Bäuche und Popos der Jungen: Hopp, raus mit dem Futter! Und dann wollen wir endlich mal wieder an die frische Luft. Es ist langweilig hier drinnen. – Das ungefähr schienen sie den Jungen mitzuteilen.

Mehmet packte das Futter aus, Jonas begann mit dem Ausmisten und Lasse holte Schneeklumpen und Fichtengrün. Doch plötzlich erschrak er so sehr, dass es ihm zuerst einmal die Sprache verschlug. Bestimmt ist mein Haar schlohweiß geworden, dachte er, aber mindestens haben sich mir sämtliche Zähne gelockert. »D-d-d-da!«, stieß er endlich hervor und zeigte mit zittrigen Fingern zur Stirnwand der Diele.

Mehmet und Jonas sahen es jetzt auch. Die Holztür stand einen Spaltbreit offen!

»Kann ja sein, dass die Ponys das gemacht haben«, hauchte Jonas und war ziemlich käsig im Gesicht.

Mehmet schüttelte den Kopf. »Die hätten die Tür mit den Hufen eingetreten und die Klinke sieht auch gar nicht angenagt aus. Ich spüre, wie sich meine Nackenhaare sträuben. Das ist ein Zeichen für Gefahr, dass ihr's wisst. Es ist jemand im Haus!«

Sie hielten den Atem an, sie lauschten angestrengt. War da etwas? Gab es noch andere Geräusche als das Mampfen und Pupsen und Scharren der drei Ponys? Wie gebannt starrten die Jungen zu der angelehnten Tür.

Da! Ganz deutlich! Ein merkwürdiges Geröchel.

»Da hustet einer!« Mehmet biss sich auf die Unterlippe.

Lasse sagte leise: »Dann wissen wir wenigstens, dass es kein Geist ist. Geister husten nicht. Jetzt gibt es zwei Möglichkeiten: Wir treiben die Ponys raus und hauen ab oder wir bewaffnen uns und schauen nach. Für welche Möglichkeit seid ihr?«

Jonas und Mehmet erklärten gleichzeitig: »Nachschauen.«

Sie rafften allen Mut zusammen, sie suchten sich Stuhlbeine und rostige Mistgabeln aus dem Gerümpel in der Ecke, sie schoben sich gegenseitig vorwärts, weil keiner der Erste sein wollte, der die angelehnte Tür aufreißen musste.

»Los!«, schrie Lasse plötzlich laut. »Wir sind die heiligen drei Musketiere! Alle gemeinsam durch die Tür! Und falls jemand auf uns lauert, dann machen wir den platt!«

Um sich Mut zu machen, rissen sie die Tür mit großem

Geschrei auf. Sie sahen die steile Stiege, die zum Obergeschoss hoch führte. Staub tanzte in dem Lichtkegel, der anscheinend durch irgendein Dachfenster fiel. Jetzt die Treppe hoch? Sie zögerten.

In diesem Augenblick schrie jemand von oben: »Keinen Schritt weiter oder ihr seid tot! Ich hab nämlich einen geladenen Revolver und ich kann verflucht gut schießen. H-h-habt ihr mich verstanden?«

Lasse hatte gleich zwei Geistesblitze auf einmal: Es ist auch nur ein Junge! Und er fürchtet sich genauso wie wir! »Klar, haben wir«, gab Lasse laut zurück. »Aber spitz du jetzt mal deine Lauscher! Wir sind auch bewaffnet, bis an die Zähne sogar. Maschinenpistolen und Schwerter und so. Und wir sind zu allem entschlossen!«

Mehmet ließ sich von Lasses Tapferkeit anstecken. »Ich hab sogar ein paar Handgranaten in der Tasche!«, brüllte er so laut er konnte. »Außerdem ist das Haus umstellt. Ergib dich, dann begnadigen wir dich vielleicht!«

»Aber nur vielleicht!«, schaltete sich Jonas ein. »Weil du ja eigentlich ein Einbrecher bist. Ich hätte glatt Lust sofort die Kriminalpolizei einzuschalten.«

Wahrscheinlich gab das Wort *Kriminalpolizei* den Ausschlag. Am oberen Treppenrand zeigte sich ein Gesicht. Zerzauste Haarsträhnen unter einer Pelzmütze. Augen voll Angst. Der Junge schien höchstens zwei Jahre älter zu sein als Lasse, Jonas und Mehmet.

»Na gut, ihr könnt raufkommen«, sagte der fremde Junge. »Man kann sich ja auch gütlich einigen, oder? Ich tu euch nix, großes Ehrenwort!«

»Du Komiker!«, rief Mehmet. »Sei froh, wenn wir dir nix tun. Wir können nämlich alle Judo.«

»Judo?« Der fremde Junge lachte spöttisch. »Judo ist doch

Pipifax. Ich kann Karate! Aber wir müssen uns ja nicht unbedingt prügeln. Los, kommt schon rauf!«

»Nö«, sagte Jonas. »Uns ist es lieber, wenn du runterkommst. Wer bist du überhaupt?«

»Ich heiße Willi«, antwortete der fremde Junge mit schiefem Grinsen. »Aber wenn jetzt einer lacht, kriegt er eine gescheuert. Ich hab mir den Namen ja nicht selber ausgesucht.« Und nun kam der fremde Junge langsam die Treppe herunter.

»So schlimm ist der Name gar nicht«, meinte Lasse. Dann stellte er sich und seine Freunde vor.

Trotz der Pelzmütze sah Willi ziemlich verfroren aus. Seine Jacke war nicht besonders dick, die Kordhose auch nicht. Willi guckte geradezu gierig zu den futternden Ponys hinüber. »Sind das eure Ponys?«

»Na ja.« Lasse druckste ein wenig herum. »So ungefähr jedenfalls. Wir kümmern uns um die Shettys. Die Besitzverhältnisse sind nicht genau geklärt.« Das habe ich gut gesagt!, dachte Lasse.

Willi fragte leise: »Kann ich was abkriegen von dem Futter? Paar Kekse vielleicht und 'nen Apfel. Mein Magen knurrt nämlich.«

»Nimm dir was!«, sagte Jonas. »Wieso hast du Hunger? Wo kommst du überhaupt her? Wie bist du hier eingestiegen?«

»Erst muss ich was essen. Dann erzähl ich's euch.«

Was hat der fremde Junge wohl zu berichten?

Lies morgen weiter!

16. Dezember

Willi auf der Flucht

Sie hockten im Schneidersitz wie die Indianer beim Powwow auf dem Holzfußboden der großen Diele. Willi hatte sich Brotstücke, Äpfel und Birnen, Kekse und Mohrrüben aus dem Häufchen Ponyfutter gefischt und aß gierig.

»Also«, sagte Jonas, »wir hören.«

Willi schaute Mehmet, Lasse und Jonas der Reihe nach argwöhnisch und unsicher an. »Kann man euch denn trauen? Wenn ihr mich verpfeift . . .«

Lasse unterbrach mit einer ausholenden Handbewegung, als wollte er alle Zweifel wegwischen. »Wir sind doch keine Verräter. Oder sehen wir etwa so aus? Weißt du, was? Wir schließen einen Vertrag auf Gegenseitigkeit!« Wieder dachte Lasse: Das habe ich gut formuliert. »Du sagst es keiner Menschenseele weiter, dass wir diese Ponys sozusagen unter Ausschluss der Öffentlichkeit hier versteckt haben, und wir schweigen über alles, was du uns über dich erzählst. Gilt der Deal?«

»Wenn wir gemeinsam schwören, dann gilt er.« Willi hob die Hand. »Los, macht es mir nach!«

Sie hoben die Hände und sagten feierlich: »Wir schwören!«

»Gut, das ist erledigt.« Willi verzog die Lippen zu einem beinahe fröhlichen Grinsen. »Ihr habt die Ponys also gestohlen, ja?«

Jonas widersprach. »Nur ausgeliehen. Für ein Krippenspiel nämlich. Aber jetzt bist du erst mal an der Reihe. Bist du auf der Flucht?«

Willi überlegte ein paar Sekunden. »So könnte man's nennen«, murmelte er dann. »Ich bin heimlich aus dem Heim ausgerückt, weil ich's nicht mehr aushalten konnte.«

Dann berichtete Willi traurig und atemlos. Über seinen

Vater wusste er nichts. Die Mutter wollte darüber nicht sprechen. Sie hatte eine Anstellung als Übersetzerin und Dolmetscherin bei einer Möbelfirma und musste leider oft zu Ausstellungen und Messen verreisen, wo sie sich um die ausländischen Geschäftspartner und Kunden kümmerte. Weil sie Willi ja nicht allein lassen konnte, hatte sie notgedrungen einen Platz in einem Wohnheim für ihren Sohn suchen müssen, in dem es eine Heimschule gab. Willi kam mit den anderen Jungen und Mädchen aber nicht zurecht, er fühlte sich einsam und abgeschoben. Natürlich wusste er, dass seine Mutter unter der häufigen Trennung genauso sehr litt wie er, doch das ließ sich nicht ändern. Die Mutter brauchte den Job, sie musste ja Geld verdienen. Aber nun war Willi bei Nacht und Nebel aus dem Heim abgehauen, um sich zu seinen Großeltern durchzuschlagen.

Er sagte: »Meine Mutter meint zwar, den Großeltern könnte man das nicht zumuten, dass ich bei ihnen wohne, weil sie jetzt Rentner sind und ihre Ruhe brauchten. Aber wenn ich mit ihnen rede . . . Also, vielleicht würden die sich sogar freuen, wenn ich bei ihnen wohne. In das beknackte Heim geh ich jedenfalls nicht wieder zurück, das finde ich zum Kotzen!« Willi biss zornig in einen Apfel.

»Wo wohnen denn deine Großeltern?«, wollte Mehmet wissen.

»In der Kreisstadt. Ich hätt's glatt schon bis zu ihnen geschafft, wenn ich nicht diesen blöden Fehler gemacht hätte.« Willi hustete. »Aber es war ja so beschissen kalt.«

»Kannst du das mal 'n bisschen genauer erklären?«, fragte Jonas.

Willi guckte den Jonas fast feindselig an. »Ich war schon zwei Tage unterwegs. Quer durch die Landschaft, weil die Polente ja vielleicht längst nach mir sucht. Meine Mutter ist

zur Zeit auf 'ner Möbelschau in Mailand, aber der Boss vom Wohnheim hat doch garantiert sofort die Bullen informiert, als er merkte, dass ich über alle Berge war. Und dann kam ich in die Nähe von eurer Stadt. Mir war so unheimlich kalt und im Bauch hatte ich auch nix. Da bin ich in das Einkaufszentrum rein. Aber ich hatte ja kein Geld. Im Heim kriegten wir bloß so 'n paar Mark Taschengeld pro Woche. Das ist mit den Eltern und der Heimleitung abgesprochen, damit keiner mehr Knete hat als der andere. Wie ich also den Tisch mit den Pelzmützen gesehen hab, na ja, da hab ich mir, als niemand hinguckte, diese Mütze geschnappt.« Er zeigte auf die Pelzmütze, die er sich tief in die Stirn gezogen hatte.

Lasse verstand das nicht. »Wenn man in Not ist, darf man doch klauen!«

Willi lachte traurig. »Das hatte ich auch gemeint. Aber Pustekuchen! Ich hatte nicht gemerkt, dass es in dem Einkaufszentrum so 'ne hundsgemeine Überwachungskamera gibt. Plötzlich kreischte so eine Sirene los und da kamen sofort zwei Männer angezischt und wollten mich packen. Ich raus mit der Pelzmütze, zack, durch die Tür, ehe sie mich hatten. Und zum Glück stand da ein Fahrrad, das war nicht abgeschlossen. Ich dachte nur: Raus aus der Stadt und erst mal irgendwo verstecken. – So, jetzt wisst ihr's.«

»Wie bist du denn hier reingekommen?«, fragte Mehmet.

»Durch das Dachfenster«, sagte Willi. »War ganz leicht. Ich bin auf die Birke an der hinteren Hausseite rauf und von da aus zur Dachrinne rüber. So was ist ein Klacks für einen wie mich. Das Dachfensterchen musste ich leider einschlagen. Ich dachte mir: Hier in dem einsamen Haus kannst du dich mal für 'ne Weile verkriechen, bis die Lage sich beruhigt hat. Und dann geht's auf Schleichwegen weiter zur Kreisstadt. Ich muss ja verdammt aufpassen, weil die Polizei inzwischen weiß, wie ich aussehe. Die Videokamera von dem blöden Laden!«

»Dein Fahrrad«, fragte Lasse, »das geklaute, wo hast du das denn?«

»Im Wald versteckt.« Willi stopfte den Rest der Birne dem lehmgelben Pony ins Maul. Er war aufgestanden und rieb sich die kalten Hände. »Als ich euch kommen sah, da hab ich einen mächtigen Schrecken gekriegt. Ich hab durch den Türspalt gelinst. Aber dann sah ich, dass ihr bloß Kinder seid, und da . . .«

Jonas fuhr wild dazwischen. »Na, na, na! Keine Beleidigungen! Was heißt hier Kinder? Wir sind drei knallharte Burschen. Das schreib dir mal hinter die Ohren!«

»War ja nicht so gemeint«, brummte Willi. »Jedenfalls seid ihr keine Polizisten oder so. Die Frage ist bloß: Wie geht's jetzt weiter?«

Mehmet hatte einen Vorschlag. »Bleib ein paar Tage hier im Versteck! Wenn die Luft rein ist, helfen wir dir weiter. Uns fällt schon ein genialer Plan ein, wie du von hier verduften kannst.«

»Genau«, bestätigte Jonas. »Die Ponys freuen sich bestimmt, dass sie einen Hausgenossen haben. Kommst du mit, Willi? Wir machen einen kleinen Ausritt.«

Der fremde Junge nickte. »Lasst mich nur nicht hängen! Ich muss bald weiter. Könnt ihr mir vielleicht 'ne Wolldecke besorgen und so 'n bisschen Verpflegung? Eine Cola wär auch nicht schlecht.«

»Verlass dich auf uns!«, sagte Lasse. »Wir sind doch jetzt Verbündete. Und fürchte dich nicht!«

Können Jonas, Mehmet und Lasse dem fremden Jungen helfen?

Lies morgen weiter!

17. Dezember

Die Schauspieler im Endspurt

Den Ponys gefiel der Ausflug durch den verzauberten Winterwald offensichtlich. Sie trippelten emsig drauflos und stießen warmen Atem wie Dampfwölkchen aus ihren Nüstern. Lasse, Jonas und Mehmet ließen auch Willi hin und wieder ein bisschen reiten, obwohl seine Füße fast auf dem Boden schleiften, denn er hatte sehr lange Beine. Willi freute sich wie ein Schneekönig. Sie sahen Spuren von Hasen, Mardern und Rehen und auch eine Fuchsfährte.

»Wir müssen zurück«, mahnte Mehmet nach einer Stunde. »Miss Flowerfield reißt uns die Ohren ab, wenn wir nicht pünktlich zur Probe erscheinen.«

»Was für 'ne Probe?«, fragte Willi.

»Wir führen doch mit der Klasse ein Krippenspiel auf«, erklärte Jonas. »Da können wir nämlich was gewinnen, wenn unsere Aufführung die beste aus der Stadt ist. Langes Wochenende mit Snowboardfahren und so im Gebirge. Darum brauchen wir doch auch die Ponys. Überraschungsauftritt als Heilige Drei Könige mit Reittieren. Kapierst du?«

»Ist ja nicht schwer zu kapieren«, meinte Willi. »Aber ihr denkt an mich, okay? Was zu essen, 'ne Wolldecke . . .«

»Mensch, wir sind die zuverlässigsten Kumpels der ganzen Welt!«, knurrte Lasse. »Gleich nach der Probe kommen wir noch mal her. Pass du nur auf, dass du nicht erwischt wirst.«

Willi schaute zu den Wolken hinauf. »Es wird bald wieder schneien, schätze ich.«

»Das ist gut«, sagte Mehmet, »dann werden die Reifenspuren von deinem Fahrrad zugedeckt.«

Sie führten die Ponys wieder in die Diele des alten Forsthauses. Aus dem Wald hatten sie Zweige mitgebracht. Die Shettys begannen sofort zu knabbern. Willi versprach die Pferdeäpfel rauszuschaffen. Und weil er dem Jungen vertraute, der ihm nun gar nicht mehr so fremd war, ließ Lasse ihm sogar den Schlüssel da.

»Bis bald!«, rief Jonas, als er mit Mehmet und Lasse zur Stadt eilte. Er winkte Willi noch einmal zu.

»Der traut sich was, der Willi«, sagte Mehmet, als sie den Waldrand erreicht hatten. »Ganz allein auf der Flucht. Und nachts in Scheunen pennen oder sonst wo. Dass der keine Angst hat!«

»Hätte ich auch nicht«, behauptete Lasse. »Ich würd mich noch ganz andere Sachen trauen. Wenn's sein müsste, würde ich sogar gegen Wölfe kämpfen.«

»Ausgerechnet du, du Angeber!« Jonas boxte Lasse in die Rippen. »Du bist doch bloß mit der Schnauze mutig. Ist euch übrigens klar, dass wir uns noch um Gold, Weihrauch und Myrrhe kümmern müssen?«

»Ist doch noch massig Zeit bis zur Aufführung«, meinte Mehmet. Er ahnte nicht, dass er sich da gewaltig irrte.

Sie kamen zu spät zur Schule, aber nur ein bisschen. Im Musikraum übten die Chöre der Hirten und Engel schon ihre fetzigen Tänze. Die Rockmusik dröhnte ohrenbetäubend aus den Lautsprecherboxen. Frau Schniedermann schimpfte, weil einige sich nicht im richtigen Rhythmus bewegten. Jennifer und Viktoria hatten sich so eine Art Minihubschrauber auf die Schultern geschnallt, weil sie zwei besonders moderne Engel sein wollten. Fatma hatte sich pinkfarbene Flügelchen an ihr Balletttrikot genäht.

Dann rückte Frau Blumfeld mit der fürchterlichen Nachricht heraus. »Jetzt spitzt mal alle die Ohren! Es ist ausgelost worden, welche Klasse an welchem Tag ihr Krippenspiel

aufführen muss. Wir haben Pech gehabt. Schon am Montag sind wir an der Reihe!«

Da brach ein Geschrei und Gepfeife und Gejammer los, als wäre gerade der Weltuntergang verkündet worden. In drei Tagen also schon? Das konnte doch nur eine Pleite werden! Die meisten Spielerinnen und Spieler hatten ihren Text noch gar nicht richtig gelernt.

»Wir müssen uns auch am Wochenende zum Proben treffen«, sagte Miss Flowerfield bedauernd. »Anders geht es nicht. Oder wollt ihr kneifen?«

Nein, das kam nicht in Frage. Alle waren sich einig: Und wenn unsere Aufführung voll in die Hose geht – wir werden spielen!

Nun mussten die Heiligen Drei Könige ihren Auftritt vorführen und sie machten es erstaunlich gut. Sogar den Text konnten sie halbwegs aufsagen. Miss Flowerfield musste nur wenig soufflieren. Anschließend waren die Hirten an der Reihe, die müde bei ihren Schafen wachten und plötzlich von einem strahlenden Licht aufgeschreckt wurden. Simon spielte den Beleuchter.

Jonas, Mehmet und Lasse konnten sich ein bisschen zurückziehen. Das war die Gelegenheit Barbara und Fatma von dem fremden Jungen im Forsthaus zu berichten.

»Das hat gerade noch gefehlt!«, stöhnte Barbara. »Der Knilch wird doch von der Polizei gesucht. Ein Ladendieb! Ihr drei Hirnis lasst aber auch gar nichts aus. Und was nun?«

»Wir müssen für ihn sorgen und ihm zur Flucht verhelfen«, sagte Mehmet und machte ein ernstes Gesicht. »Er ist jetzt so was wie ein Blutsbruder für uns. Wir haben nämlich einen heiligen Eid geleistet.«

Fatma bekam leuchtende Augen. So ein Abenteuer, also, das war doch eine spannende Angelegenheit. »Ist er nett?«, fragte sie. »So typmäßig, meine ich.«

Lasse gefiel die Frage nicht besonders. Ihm wäre es nämlich lieber gewesen, wenn Fatma sich ein bisschen mehr für ihn interessierte und nicht für einen fremden Jungen, auch wenn der tausendmal ein kühner Abenteurer war. Lasse brummte: »So typmäßig ist Willi 'ne Mischung aus Arnold Schwarzenegger und Michael Jackson. Und er ist ganz scharf auf dich.«

Fatma streckte ihm die Zunge raus. »Du bist ein Fiesling!«

»Macht keinen Zoff!«, forderte Barbara. »Lasst uns lieber überlegen, wie wir das Problem lösen. Ich helfe natürlich mit, ist ja klar. Ohne mich seid ihr Jungs doch völlig hilflos. Wer besorgt was Essbares? Wer beschafft Getränke? Eine dicke Pferdedecke als Unterlage kann ich auftreiben. Wer hat was zum Zudecken für Willi?« Die praktische Barbara war voll in ihrem Element. Zupacken, organisieren: Darin war sie stark.

Sie tuschelten, sie planten, während auf der Bühne die Tänzer hüpften. Aber dann wurden sie jäh unterbrochen. Kommissar Nowack betrat den Musikraum.

»Was will denn der hier?« Jonas stemmte die Fäuste in die Hüften. »Sucht der etwa immer noch nach den Ponys?«

Frau Schniedermann schaltete das Tonband aus. Alle Schülerinnen und Schüler starrten den Kripomann an.

»Ich kam grade vorbei und hörte die Musik«, sagte der Kommissar. »Da wollte ich euch mal eben ein paar Fragen stellen.«

Welche Fragen hat der Kommissar?

Lies morgen weiter!

18. Dezember

Der Kommissar ermittelt

»Schaut euch das Foto mal ganz genau an!«, forderte Kommissar Nowack. »Habt ihr diesen Jungen irgendwo gesehen? Er ist des Ladendiebstahls überführt, aber geschnappt haben wir ihn noch nicht. Vermutlich treibt er sich noch hier in der Gegend herum. Also?« Der Kommissar schwenkte das Schwarzweißfoto vor den Gesichtern der Mädchen und Jungen aus der 6c herum, die sich um ihn gedrängt hatten.

Nur undeutlich zeigte das Bild das Gesicht von Willi, es war aus dem Video der Überwachungskamera kopiert worden. Alle starrten das unscharfe Foto an, doch niemand konnte sich erinnern diesen Jungen schon einmal gesehen zu haben. Jennifer und Viktoria behaupteten, wenn ihnen ein Junge mit solch einer bedrohlichen Visage begegnet wäre, würden sie sich ganz bestimmt daran erinnern.

Der Kripomann erklärte: »Dieser Junge ist vor ein paar Tagen aus einem Heim weggelaufen. Da gibt es auch manchmal kriminelle Jugendliche in solchen Heimen. Wenn ihr versteht, was ich meine. Die drei verschwundenen Ponys, eine geraubte Pelzmütze, ein entwendetes Fahrrad: Da scheint System dahinter zu stecken! Der Polizei liegen gewisse Hinweise vor, dass offenbar junge Leute von skrupellosen Hintermännern systematisch zum Stehlen eingesetzt werden. Organisiertes Verbrechen!«

Lasse musste innerlich grinsen. Was der Kommissar sich da einbildete! Mit ernstem Gesicht sagte Lasse: »Vielleicht steckt die Mafia aus Sizilien dahinter!«

Mehmet zwinkerte dem Freund zu und murmelte mit rollenden Augen: »Oder es handelt sich um Gangster aus Chicago. Killer oder so. Man muss mit dem Schlimmsten rechnen!«

Jonas flüsterte: »Haut nicht so auf den Putz, ihr Deppen, sonst merkt der Kommissar noch, dass ihr ihn verarschen wollt! Klappe halten, kapiert?«

Der Kommissar guckte Mehmet ein bisschen merkwürdig an. »Killer? Na, das wär wohl übertrieben. Aber ungefährlich ist dieser Fall gewiss nicht. Wir ermitteln!« Wieder schwenkte er das Foto. »Falls jemand von euch diesem Jungen begegnen sollte, muss er sofort zum Polizeirevier gehen und das melden. Nichts auf eigene Faust unternehmen, hört ihr? Auch wenn euch sonst etwas Außergewöhnliches auffällt oder wenn ihr verdächtige Fremde beobachtet: Sofort melden! Ich möchte euch bitten auch eure Freundinnen und Freunde in diesem Sinne zu informieren. Die Lage ist ernst!«

Lasse dachte: Klar, die Lage ist ernst. Für Willi nämlich. Und der Kommissar hört ja wohl die Flöhe husten. Willi und so was wie ein Mafioso. Lächerlich! Der möchte doch nur raus aus dem beknackten Heim, der will ein Zuhause haben. Wir müssen ihm unbedingt helfen.

Als Kommissar Nowack gegangen war, rief Miss Flowerfield die Akteure sofort wieder auf ihre Plätze und forderte strengste Konzentration. Die Proben gingen weiter, auch die Heiligen Drei Könige mussten ihren Einzug noch einmal vorführen. Den Text konnten die drei Freunde inzwischen fehlerlos. Johannes, der den Oberhirten spielte, trat sogar mit einer Platzpatronenpistole auf, weil er der Ansicht war, dass moderne Hirten wegen der Bären und der Schafdiebe mit scharfen Waffen ausgerüstet sein müssten, wenn sie ihre Herden bewachten.

Als dann endlich die Probe beendet war, hatten es alle sehr eilig. Die meisten Jungen und Mädchen wollten hinaus zur Weide vom ollen Vossbeck: Dort hatte sich nämlich in der Zwischenzeit eine Menge getan. Eine große Holztafel mit

bunter Beschriftung verkündete, welche Firmen und welche Geschäftsleute eine Patenschaft für ein Pony übernommen hatten. In der Weihnachtsstimmung wurden anscheinend sogar die härtesten Manager weich. Der olle Vossbeck konnte sich vor Nachfragen kaum retten und das gefiel ihm sehr, denn so konnte er prima abkassieren. Für die Geschäftsleute bedeutete das alles zusätzliche Werbung. Der olle Vossbeck fühlte sich richtig gebauchpinselt, weil sein Name so oft in der Zeitung stand, und darum hatte er verkündet, wahrscheinlich werde er demnächst eine richtige Reithalle bauen, außerdem dürften bis Weihnachten alle Kinder umsonst auf seinen Ponys reiten. Das also war der Grund dafür, dass viele von den Schauspielerinnen und Schauspielern der 6c nun zur Ponyweide eilen wollten.

Die drei Freunde und Barbara und Fatma liefen in ganz andere Richtungen. Sie hatten vor die Sachen für den frierenden und hungernden Willi zusammenzutragen. In einer Stunde wollten sie sich am Waldrand treffen, genau am Holzstapel beim Beginn der Schneise. Besonders die beiden Mädchen waren aufgeregt.

Mit der Dämmerung hatte tatsächlich leichter Schneefall eingesetzt. Die Fahrradspuren waren schon nicht mehr zu erkennen. Im Gänsemarsch stapften die drei Jungen und die zwei Mädchen in den Wald hinein. Rehe kreuzten ihren Weg. Ob Willi überhaupt noch in der Försterei war? Vielleicht hatte er sich ja auch längst davongemacht.

Willi war noch da! Kaum hatte Lasse bamm-bammbamm-bamm-bammbamm ans Dielentor geklopft, knirschte von innen der Schlüssel. Willi wirkte leicht sauer, als er die Mädchen sah, denn das war ja gegen die Abmachung, doch Jonas erklärte ihm, dass Fatma und Barbara erstklassige Helferinnen und verschwiegene Komplizinnen seien. Als Willi dann das Verpflegungspaket und die Decken erblickte, strahlte er über das ganze Gesicht.

Die Shettys meldeten ihre Ansprüche an. Sie stießen die Mädchen und Jungen mit den Nasen an und das sollte heißen: Los, wir wollen gekrault und beschmust werden! Da brauchten sie selbstverständlich nicht lange zu warten.

Lasse sagte: »Die Polente fahndet ziemlich intensiv nach dir, Willi. Sie meinen bei der Kripo, du würdest 'ner Gangsterorganisation angehören. Spezialisiert auf Klauen. Wir müssen jetzt 'ne todsichere Taktik ausdenken. Strategie ist gefragt.« Das hab ich wieder sehr schön gesagt, dachte Lasse.

Die Mädchen hatten den fremden Jungen ausgiebig beäugt. Was der wagte! Willi biss in ein Würstchen und schmatzte laut.

»Du musst so bald wie möglich fliehen«, sagte Mehmet zu Willi, »denn auf ewig bist du hier nicht sicher. Wenn die Bullen zum Beispiel Suchmannschaften ausschicken . . .«

»Montag!«, rief Jonas da.

»Was soll das bedeuten?«, fragte Barbara. »Wieso gerade Montag?«

»Weil Willi dann die Monatskarte für den Schienenbus zur Kreisstadt benutzen kann. Die von meiner Schwester. Ab Montag haben sie in der Fachschule nämlich schon Weihnachtsferien.«

»Tüttelkram!«, schnauzte Lasse. »Diese blöde Idee kannst du dir in die Haare schmieren, Jonas! Auf der Monatskarte steht doch der Name von deiner Schwester drauf. Was ist, wenn ein Kontrolleur kommt? Willi als Sarah! Ist doch Käse!«

Jonas lächelte hintergründig. »Wart's ab!«

Was hat Jonas sich da ausgedacht?

Lies morgen weiter!

19. Dezember

Willi will keinen Busen

Sie schauten alle auf Jonas. Der genoss es so im Mittelpunkt zu stehen und ließ die anderen erst noch ein bisschen neugierig zappeln.

»Sind Lasse, Mehmet und ich die Heiligen Drei Könige?«, fragte Jonas dann. »Oder tun wir nur so?«

»Dämliche Frage!«, schnauzte Barbara. »Ihr tut natürlich nur so. Ihr spielt die Rollen beim Krippenspiel und seid in Wirklichkeit drei Hampelmänner. Was hat das mit Willi zu tun?«

Jonas lächelte überlegen. »Die Verkleidung macht's also. Willi spielt die Rolle von Sarah und ist in Wirklichkeit ein Flüchtiger. Wir müssen bloß aus ihm ein Mädchen machen.«

»Seid ihr krank?«, schrie Willi. »Ich und Mädchen!«

Fatma sagte: »Manchmal hat sogar der Jonas 'ne brauchbare Idee. Wie alt ist deine Schwester?«

»Sechzehn«, antwortete Jonas. »Und bei seiner Länge kann der Willi glatt für ein sechzehnjähriges Mädchen durchgehen. Wir müssen ihn nur ein wenig umgestalten.«

»Perücke!« Barbara fiel es wie Schuppen von den Augen. »Er muss eine Perücke tragen, dann ist alles geritzt.«

Willi wehrte mit Händen und Füßen ab. »Kommt überhaupt nicht in die Tüte. Perücke! Seid ihr von allen guten Geistern verlassen? Ich kann mich doch nicht wie so 'n albernes Pipimädchen aufführen und . . .« Weiter kam er nicht.

Barbara sprang ihm fast ins Gesicht. »Das hat noch gefehlt, dass du hier den Macho spielst! Hat dir schon mal jemand den Kopf abgerissen? Willst *du* unbemerkt in die Kreisstadt verschwinden oder ich? Also benimm dich nicht wie ein kleines Baby, du dummer Fatzke! Wir wollen dir doch helfen. Die

Frage ist jetzt: Wo treiben wir eine brauchbare Perücke für dich auf?«

Lasse meldete sich zu Wort. »Die Frage ist beantwortet. Ich beschaffe die Perücke. Meine andere Oma, also, die wollte damals nicht, dass die Leute es merkten. Ihr Haar war nämlich ziemlich dünn geworden. Da hat sie immer 'ne Perücke getragen. Eine dunkelblonde. Das Ding liegt bei uns im Kleiderschrank.«

»Und wenn deine Oma merkt, dass ihre Perücke . . .«

Lasse wehrte Fatmas Einwand mit einer lässigen Handbewegung ab. »Die merkt nichts mehr. Diese Oma schwebt nämlich seit vier Jahren mit den lieben Engelein und anderem Geflügel im Himmel herum.«

Mehmet sagte sachlich: »Problem gelöst. Willi kriegt die Monatskarte von Sarah und die Perücke von Lasses Oma. Ich denke nur, dass er als sechzehnjähriges Mädchen ein bisschen Holz vor der Hütte haben müsste, damit's glaubwürdiger ist.«

»Häh?« Willi verstand das nicht.

»Busen«, erklärte Mehmet. »Wir müssen dich obenrum ausstopfen. Apfelsinen vielleicht oder Heu oder Watte.«

Jetzt rastete Willi aus. »Ich will keinen Busen! Lieber lass ich mich von der Kripo erwischen und in den Knast stecken. Was zu viel ist, ist zu viel. Wenn ihr mir tausendmal helfen wollt, alles lasse ich nicht mit mir machen.«

Barbara meinte beschwichtigend, das mit dem Busen sei nicht so wichtig, denn auch viele sechzehnjährige Mädchen hätten keinen Busen. Und wo Willi doch eine Jacke trage, reiche die Perücke als Verkleidung völlig aus. Das meinten dann bis auf Mehmet alle.

Sie planten anschließend für die beiden nächsten Tage. Das gefährliche Wochenende! Wie würden sie am besten irgend-

welche Spaziergänger daran hindern, sich dem alten Forsthaus zu nähern? Lasse hatte wieder einmal einen seiner Gedankenblitze. Warnschilder! Ja, das war es. Aber wovor wollte man die Spaziergänger warnen? Vor Giftpilzen? Vor Räubern? Vor Waldgeistern? Vor Löwen? Vor Hexen? Sie redeten ausgelassen durcheinander und lachten sich kaputt. Vielleicht sogar vor herumballernden Wilddieben?

»Ich hab's«, sagte Jonas. »Vor Wildschweinen.«

Das fanden sie alle gut. Warnschilder mussten aufgestellt werden. Wer malt sie? An welchen Stellen im Wald sollen sie aufgerichtet werden? Wie viele Wege führen zum Forsthaus?

Barbara erklärte: »Es gibt den Trampelpfad die Schneise hinauf. Dann ist da der breite Waldweg von Osten nach Westen, den kann man natürlich von beiden Seiten aus begehen. Also brauchen wir drei große Pappschilder. Ich schätze mal, Jonas, Lasse und Mehmet sind zuständig. Von ihnen stammt ja auch die Schnapsidee mit dem Ponyklauen. Aber gut müssen die Schilder aussehen. Nicht das übliche Husch-husch-Geschmiere. Sonst nimmt es ja keiner ernst.«

Die drei Jungen nickten ergeben. Sie wussten ja, dass sie an diesem Abend noch einiges zu basteln hatten. Die Requisiten für Gold, Weihrauch und Myrrhe mussten noch her. Außerdem waren die drei Kronen aus Wellpappe auszuschneiden und mit Goldpapier zu bekleben. Fingerfarbe für Kaspars Gesicht hatten sie zum Glück ja schon.

»Als Umhänge nehmen wir einfach bunte Wolldecken«, sagte Jonas. »Wir brauchen ja keine Rundumverkleidung, weil's doch modern sein soll, mit Andeutungen. Los, Leute, es wird Zeit!«

Ja, es wurde wirklich Zeit. Barbara machte sich Sorgen, dass ihre Eltern schon nach ihr suchten. Die Dunkelheit hatte sich längst wie ein schwarzer Schatten über den Wald gesenkt.

Fatma sagte leise zu Willi: »Dass du dich traust über Nacht ganz allein in diesem spukigen Haus zu bleiben! So viel Mut hätte ich nicht.«

»Die Shettys sind ja bei mir.« Willi tat überlegen, doch es war ihm anzumerken, dass ihm die Lage auch nicht so ganz geheuer war. »Vielleicht könntet ihr mir die Taschenlampe hier lassen.«

Lasse reichte ihm die Lampe. »Klar doch! Wir finden auch so den Weg. Wir kommen früh zu dir, Willi, und dann stellen wir die Schilder auf. Bloß müssen wir dann noch einmal verschwinden, weil wir um elf Uhr Probe haben.« Lasse behielt die Übersicht. »Merk dir meine Adresse, Willi! Rockelsdorfer Straße sechzehn. Das ist gleich hinter der Kirche rechts rein. Rotes Ziegelsteinhaus. Falls du heute Nacht aus irgendeinem Grund von hier fliehen musst, kommst du zu mir. Ich lasse dich nicht im Stich. Durch den Vorgarten zum Hinterhaus, kapiert? Dann pfeifst du. Am besten ein Weihnachtslied. *Stille Nacht.* Ich höre dich bestimmt.«

Willi nickte, was man aber im Dunkeln kaum sehen konnte. Er schloss die Tür ab, als die anderen davongeeilt waren.

Sie brachten Barbara nach Hause, dann Fatma. Und dann machten sich Kaspar, Melchior und Balthasar bei Lasse daheim an die Arbeit. Lasses Mutter hatte Printen gebacken, die richteten die drei müden Freunde wieder auf.

Was schreiben Lasse, Mehmet und Jonas auf die Warnschilder?

Lies morgen weiter!

20. Dezember

Trick achtzehn

Eigentlich hätten sie sich am schulfreien Samstag gern lange im warmen Bett geräkelt, aber das war unter diesen Umständen selbstverständlich nicht möglich. Drei Elternpaare wunderten sich gewaltig, dass drei Jungen es schon so früh am Morgen sehr eilig hatten zur Probe zu sausen. Das musste ja ein besonders tolles Krippenspiel sein!

Es war nicht mehr so kalt, doch der Schnee war liegen geblieben. Im Joggingtempo eilten Mehmet, Jonas und Lasse zum Wald hinauf und nutzten auch dieses Mal jede Deckung. Das fehlte noch, dass man sie beobachtete!

Lasse stellte an der Schneise das Schild auf, Mehmet stellte am östlichen Waldweg das Schild auf, Jonas stellte am westlichen Waldweg das Schild auf. Und auf allen stand geschrieben, dick mit Filzstift und in großen Buchstaben:

NICHT WEITERGEHEN! –
GEFÄHRLICHE WILDSCHWEINE! – LEBENSGEFAHR!

Wenn das die Spaziergänger nicht abschreckte! Die drei Freunde hasteten quer durch das Unterholz und zwischen den Fichtenstämmen hindurch auf das alte Forsthaus zu. Und da erschraken sie erst einmal. Das Dielentor stand sperrangelweit offen, die Ponys liefen draußen umher und knabberten an den Zweigen, Willi war nicht zu sehen.

War das Geheimversteck etwa aufgeflogen?

»W-w-was ist denn hier los?«, stotterte Lasse bestürzt.

Die drei Späher hinter dem dicken Eichenstamm erblickten zuerst die Pelzmütze über vertrocknetem Farnkraut, dann Willis Kopf und dann den ganzen Willi. Der pfiff fröhlich vor sich hin und schlenderte zum Forsthaus zurück. Die Wolldecke trug er wie einen Poncho.

Jonas sprang aus dem Versteck. »Mensch, Willi, du hast uns einen schönen Schrecken eingejagt! Wir dachten schon, die Polizei hätte dich geschnappt. Ist alles in Ordnung?«

»Klar doch!«, rief Willi zurück. »Ich musste nur mal eben pinkeln. Ausgemistet hab ich auch schon. Habt ihr die Warnschilder aufgestellt?«

»Na sicher«, sagte Mehmet. »Wie war die Nacht?«

Willi lachte. »Super. Ich hab mich zum Schlafen zwischen die Ponys gelegt, da war's schön warm. Gefrühstückt haben wir auch bereits, die Shettys und ich. Aber allmählich müsste ich mal was Warmes in den Bauch kriegen.«

Lasse zog ein Schinkenbrötchen aus der Anoraktasche. »Besonders warm ist es bestimmt nicht mehr, aber schmecken tut's trotzdem. Willst du?«

Willi nickte nur und verschlang das Brötchen in null Komma nix. Dann sagte er: »Allmählich wird es mir langweilig. Ob ich nicht vielleicht heute schon abdampfen kann zu meinen Großeltern?«

Jonas schüttelte entschieden den Kopf. »Am Wochenende gilt die Monatskarte doch nicht. Bisschen Geduld musst du noch haben. Und gleich nach der Probe kommen wir ja auch wieder zu dir, dann bist du nicht so allein. Und jetzt sollten wir wohl erst mal die Ponys wieder ins Haus schaffen.«

Das taten sie, obwohl die Ponys sich heftig sträubten. Im Freien gefiel es ihnen eindeutig besser. Aber nun war Vorsicht geboten.

Lasse, Jonas und Mehmet mussten zur Schule, es wurde allerhöchste Zeit. Wenn es um Pünktlichkeit ging, war Miss Flowerfield nämlich knochenhart.

Jonas stöhnte beim Laufen: »Hin und her und her und hin!

Leute, ich habe dieses dauernde Gelatsche so satt. Ich wette, meine Beine sind in den letzten Tagen zehn Zentimeter kürzer geworden.«

»Bald haben wir's ja geschafft«, tröstete ihn Lasse. »Drei Tage noch, dann kommt unsere große Show. Eine Sensation wird das, wenn wir angeritten kommen. Durchhalten also!«

Turbulent ging es zu bei der Probe im Musiksaal. Die Hirten hatten beschlossen in gelben Gummistiefeln aufzutreten, doch Frau Schniedermann meinte, in Stiefeln könne man nicht tanzen. Mattes und Simon stritten sich, wer von ihnen das Hinterteil und wer das Vorderteil vom Ochsen spielen dürfte. Josef und Maria mussten immer kichern. Zum Glück konnten sich die Heiligen Drei Könige bald wieder aus dem Staub machen, denn zum Ende der Probe ging es nur noch um die Tanzerei der Hirten- und Engelchöre.

Auf dem Rückweg zum Wald sagte Lasse: »Auch wenn unser Text ziemlich behämmert ist, unser Auftritt wird jedenfalls der Höhepunkt des Krippenspiels werden. Die werden sich wundern!«

Zunächst aber wunderten sich Mehmet, Lasse und Jonas. Spuren im Wald! Spuren von Skiern. Und dann – oh Schreck! – waren auch die beiden Leute zu erkennen, die diese Spuren hinterlassen hatten. Ein dicker Mann und eine dicke Frau, beide mit roten Bommelmützen auf dem Kopf und Langlaufskiern an den Füßen, bewegten sich auf der dünnen Schneedecke ungeschickt hampelnd und strampelnd quer durch den Wald. Weil sie nicht die Wege benutzten, hatten sie die Warnschilder natürlich nicht gesehen. Und nun hatten sie das Forsthaus fast erreicht. Die drei Jungen hetzten ihnen nach.

»Halt!«, schrie Lasse. »Bloß nicht weiter!« Er flüsterte Mehmet und Jonas zu: »Jetzt kommt's drauf an. Lasst mich machen. Jetzt kann nur noch Trick achtzehn helfen.«

Der dicke Mann drehte sich verwundert nach den Jungen um. »Was habt ihr denn? Ich glaube, da sind Tiere drin in dem Haus. Ich hab was gehört. Das muss man doch melden!«

»Nur ja nicht näher ran!«, keuchte Lasse. »Wir sind extra von der Polizei aufgefordert worden alle Leute zu warnen.«

»Warnen?« Die dicke Frau verstand das nicht. »Wovor denn?«

Lasse sprudelte drauflos. »D-d-das ist eine Quarantänestation! Schweinepest, Maul- und Klauenseuche, Tollwut u-u-und Rinderwahnsinn! Da sind die kranken Tiere drin in dem Haus, da kann man sich fürchterlich anstecken!«

»Großer Gott!«, schrie die dicke Frau entsetzt. »Karl-Heinz, wir dürfen doch unseren Purzel nicht anstecken!« Und zu den Jungen gewandt: »Wir haben nämlich einen Pudel.«

»Dann nix wie weg!«, forderte Jonas beschwörend.

Lasse sagte mit bedrohlicher Stimme: »Aber Sie dürfen es auf gar keinen Fall anderen Leuten weitererzählen, dass hier infi ... infizierte Tiere untergebracht sind! Ausdrückliche Anweisung von der Polizei.«

»Von der Polizei?« Der dicke Mann machte das dümmste Gesicht der Welt. »Aber wieso denn?«

Lasse hob den Finger. »Wegen der Panik! Verstehen Sie? Es darf keine Panik unter der Bevölkerung ausbrechen. Das ist eine absolute Geheimsache!«

Verwirrt, verängstigt und ganz eindeutig auch verständnislos machten sich die beiden Dicken auf ihren Skiern davon. Es sah sehr komisch aus.

»Puh, das war knapp!«, prustete Mehmet los.

Ob Willi und die Ponys unentdeckt bleiben?

Lies morgen weiter!

21. Dezember

Lasse lügt am besten

Auch Willi, der durch den Türspalt gespäht hatte, seufzte erleichtert: »Das war knapp!«

Jonas, Mehmet und Lasse schlüpften in die Diele und begrüßten erst einmal die Ponys. Die schnupperten wie kleine Hunde an den Jungen herum. Das rötliche Pony zog mit den Zähnen einen Handschuh aus Mehmets Anoraktasche und mampfte genüsslich. Es gelang Mehmet zwar den Handschuh aus dem Ponymaul zu ziehen, aber eigentlich sah der Handschuh nun gar nicht mehr wie ein Handschuh aus. Eine halbe Stunde später erschienen Fatma und Barbara und brachten Christstollen mit. Willi bekam vor Freude Stielaugen.

Fatma druckste herum. »Du, Willi, was ich dich fragen wollte . . . Das mit deinen Großeltern. Irgendwie ist das komisch, dass du nicht weißt, ob du bei ihnen wohnen kannst. Es geht mich ja nichts an, aber . . .«

»Da hast du Recht«, entgegnete Willi mit vollem Mund, »aber ich erklär es dir trotzdem. Meine Mutter und ihre Eltern, die sind sich wohl irgendwie 'n bisschen fremd geworden. Mal 'ne Postkarte zum Geburtstag oder zu Weihnachten. Das ist es dann schon. Telefonieren tun sie jedenfalls nicht miteinander. So 'ne Art Funkstille. Vielleicht haben die Großeltern das nicht kapieren können, dass meine Mutter ein Kind kriegte, aber nicht verheiratet ist. Ich bin nämlich das Kind, klar? Ist Scheiße, so ohne Vater. Aber meine Mutter und ich, wir kriegen das schon geregelt. Meine Großeltern, also, die kenne ich überhaupt nicht, ich hab bloß ihre Adresse. Und wenn ich jetzt zu ihnen gehe, dann sag ich einfach: Hallo, hier bin ich. Kann ja sein, dass sie gar nicht so übel sind. Und wenn die mich dann auch einigermaßen okay finden, dann sagen sie vielleicht: Du kannst bei uns bleiben. Und wenn auch meine Mutter einverstanden wäre . . . Jedenfalls muss ich dann nicht mehr in das schreckliche Heim zurück!« Den letzten Satz schrie Willi laut.

Für Sekunden war Stille.

Jonas räusperte sich. »Wir müssen auf der Hut sein. Die Warnschilder allein reichen nicht. Haben wir ja vorhin erlebt mit den dicken Skifahrern. Ich schlage vor, dass wir an der Schneise und an den beiden Enden vom Waldweg Posten beziehen.«

Fatma fragte: »Und wenn jemand kommt, was machen wir dann?«

»Irgendwas reden«, sagte Barbara. »Dass die Wildschweine ganz in der Nähe gesehen worden sind oder so. Willi muss natürlich im Hintergrund bleiben.«

Mehmet und Willi liefen also zur Schneise. Dort am Trampelpfad war die Wahrscheinlichkeit am geringsten, dass sich jemand sehen ließ. Lasse und Barbara übernahmen die Wache am östlichen Ende des Waldweges, Fatma und Jonas versteckten sich am westlichen Waldrand. Eigentlich wäre Lasse lieber mit Fatma gegangen, doch er traute sich nicht das offen zu sagen. Aber sosehr sie auch die Blicke schweifen ließen: Kein Wanderer war in Sicht.

Später trafen sie sich wieder beim Forsthaus. Barbara hatte es nun eilig, denn sie musste nach Hause, um ihrer Mutter bei der Weihnachtsbäckerei zu helfen. Mit Barbara verabschiedete sich auch Fatma. Sie warf Willi einen langen Blick zu. Jedenfalls hatte Lasse diesen Eindruck und er fand das gar nicht lustig.

Jonas, Mehmet und Lasse blieben noch bis zur Dunkelheit bei Willi. Im Schein der Taschenlampe spielten sie schwarzer Peter. Mehmet hatte die Spielkarten mitgebracht.

Dann war es ausgerechnet Willi, der sagte: »Wird wohl langsam Zeit. Wir müssen Schluss machen für heute.«

Sie beschmusten noch einmal die Ponys. Nacheinander klopften sie Willi auf die Schulter. Das sollte bedeuten: Mut, Junge! Doch gleichzeitig spürten sie das mulmige Gefühl. Dass Willi schon wieder eine Nacht allein im finsteren Wald verbringen musste!

»Wir kommen morgen ganz früh wieder zu dir«, versprach Jonas. »Du kannst dich auf uns verlassen.«

Sie kamen am Sonntagmorgen tatsächlich ziemlich früh auf ihrem Schleichweg zum Forsthaus zurück. Willi begrüßte sie munter, die Ponys schnaubten vor Freude. Barbara hatte eine Thermoskanne mit heißem Tee mitgebracht. Zumindest warm war der Tee noch, als Willi ihn gierig schlürfte.

Klares, kaltes Spaziergängerwetter! Da wurde es Zeit, dass sie wieder ihre Wachtposten bezogen. Sonntagsausflügler aus dem Städtchen nutzten vielleicht den Sonnenschein für einen Gang durch den verschneiten Winterwald. Es zeigte sich schon bald, dass die Vorsicht berechtigt war.

Barbara und Lasse sahen das Grüppchen, das sich lachend und plaudernd näherte. Ein paar Männer, ein paar Frauen und eine Schar Kinder. Jetzt wurde es brenzlig! Beim Warnschild hielten die Leute an.

Der Mann mit dem Trachtenhut lachte laut, als er auf das Pappschild zeigte. »Das soll natürlich ein Witz sein. In dieser Gegend gibt es unter Garantie keine Wildschweine. Ich wette, da haben sich irgendwelche Kinder einen Jux gemacht. Los, wir gehen weiter!«

Doch nun hatte Lasse seinen starken Auftritt. Zusammen mit Barbara sprang er aus dem Baumversteck und wedelte mit beiden Armen. »Bitte, nicht weitergehen! Wir machen ein Kriminalspiel hier im Wald. Mit unserer Jugendgruppe. Das ist was Kirchliches. Spuren lesen und anschleichen und so ’ne Art Geländespiel!«

Die Kinder sperrten Münder, Ohren und Nasen auf. Was hatte das denn zu bedeuten? Das fragte dann auch der Trachtenhutmann verwundert.

Lasse war groß in Fahrt. »Wenn Sie jetzt weitergehen, versauen Sie uns alles. Unsere Mannschaft ist am Gewinnen. Es geht um einen wertvollen Pokal!«

Die junge Frau mit Ohrenschützern sagte: »Wir werden euch schon nicht stören. Wir wollen bloß zum alten Forsthaus. Die Kinder sollen es mal sehen.«

Lasse krümmte sich, als litte er große Schmerzen. »Aber genau damit würden Sie uns alle Chancen kaputtmachen! Das alte Forsthaus gilt bei unserem Spiel als Ritterburg. Die müssen wir nämlich erobern, diese Burg. Und wenn Sie dazwischenkommen, ist das schöne Spiel im Eimer.«

Die Leute guckten ein wenig ratlos. Dann erklärte der Trachtenhutmann gönnerhaft, man könne ja auch einen anderen Weg nehmen und den Kindern ein anderes Mal das Forsthaus zeigen. Die anderen Spaziergänger nickten dazu.

»Danke!«, rief Lasse. »Und frohe Weihnachten im Voraus!«

Barbara flüsterte: »Lasse, du bist der beste Lügner, den ich kenne. Alle Achtung!«

Als sie sich später im Forsthaus versammelten, lachten sie lange über Lasses Märchenstunde. Dann musste Willi die Perücke ausprobieren. Er schämte sich ziemlich. Die anderen fanden allerdings, er sehe wie ein sehr hübsches Mädchen aus.

Mehmet sagte: »Morgen ist der Tag der Entscheidung!«

Wird alles gut ausgehen am Tag der Entscheidung?
Lies morgen weiter!

22. Dezember

Eine schöne Bescherung!

Der Montagnachmittag! Der Schulunterricht am Morgen war ein einziges nervöses Gezappel gewesen. In der Englischstunde ließ Miss Flowerfield noch einmal die Texte des Krippenspiels aufsagen. War das ein Gehaspel! Es konnte bei der Aufführung also nur noch besser werden. Aber jetzt war bereits der Nachmittag angebrochen. Jonas, Mehmet und Lasse standen sozusagen unter Starkstrom.

In einem Jutesack trugen sie Gold, Weihrauch und Myrrhe mit sich, dazu drei Pappkronen und drei bunte Wolldecken. Zum letzten Mal eilten sie an Wiesen und Feldern vorbei zum Wald und weiter die Schneise hinauf zum alten Forsthaus. Die Fichten mit den Schneehäubchen schienen ihnen aufmunternd zuzunicken. Der Tag der Entscheidung!

Willi wartete voller Ungeduld. Er hatte das Fahrrad aus dem Buschversteck geholt und den Shettys die Strickhalfter angelegt. Ahnten die drei Ponys, dass auch für sie die große Stunde geschlagen hatte? Jedenfalls scharrten sie unternehmungslustig.

Jonas fasste in die Tasche. »Hier, Willi, die Monatskarte. Ab jetzt heißt du Sarah. Setz die Perücke auf!«

Nur sehr zögernd gehorchte Willi. »Was mach ich denn nun mit der Pelzmütze?«

»Klemm sie einfach auf den Gepäckträger«, schlug Lasse vor. »Wenn man dann das geklaute Fahrrad am Stadtrand findet und die geklaute Pelzmütze dazu, wird garantiert die Fahndung nach dir eingestellt. Mit Kripo und so kenn ich mich aus, die Bullen sind doch froh, wenn sich so 'n Fall von selbst erledigt. Dann können sie nämlich die Akte schließen.«

»Hoffentlich stimmt das auch«, sagte Willi. »Habt ihr 'ne Ahnung, wann ein Zug zur Kreisstadt fährt?«

»Mach dir keine Sorgen!« Mehmet schlug Willi aufmunternd auf die Schulter. »Mindestens stündlich fährt einer.«

Lasse kommandierte: »Los, wir verkleiden uns jetzt! Wenn wir als Heilige Drei Könige ankommen, darf uns niemand was antun. Wegen der Ponys, meine ich. Wir sind dann gewissermaßen sakrale Personen. Unantastbar!« Das habe ich wieder verdammt gut gesagt, dachte er.

Willi schloss ab und reichte Lasse feierlich den großen Schlüssel. Den Ponys gefiel es nicht so recht, dass sie nun die Schneise hinuntergeführt wurden. Sie hatten sich an die schönen Ausritte im Wald gewöhnt. Und so war es nicht leicht die drei Dickköpfe zu schnellem Tempo zu bewegen. Kaspar-Jonas führte das bräunliche Pony, Melchior-Mehmet führte das rötliche Pony und Balthasar-Lasse führte das lehmgelbe Pony. Den Schluss der Reihe übernahm Sarah-Willi mit dem Fahrrad. Im Gänsemarsch näherten sie sich der Stadt.

Sie hätten einen großen Bogen um die Häuser herumschlagen müssen, um das Schulzentrum am gegenüberliegenden Ortsrand zu erreichen. Aber vielleicht wollten sie den Weg abkürzen, vielleicht wollten sie auch gern von allen Leuten gesehen werden als reitende Heilige Drei Könige. Was auch immer! Jedenfalls war es ein Fehler in die Hauptstraße einzubiegen. Oder war es doch keiner?

»Lehn das Fahrrad einfach an die Laterne!«, raunte Jonas Willi zu. »Und dann verdrück dich in Richtung Bahnhof! Wir drücken dir die Daumen, dass alles gut wird.«

Willi hatte einen Kloß im Hals. »Ihr wart wirklich gute Freunde, echt. Was hätte ich ohne eure Hilfe bloß gemacht! Ich schreib euch dann, ob's bei meinen Großeltern geklappt hat – oder nicht. Lasses Adresse weiß ich ja. Und bestellt Barbara und Fatma einen dicken Gruß von mir!«

»Schwirr schon ab!«, sagte Mehmet. Er hatte ebenfalls einen

Kloß im Hals. Scheu winkte er Willi nach, der sich rasch verdrückte und die Perücke festhielt, weil es windig war.

»Aufgesessen!« Lasse war auf sein Shetty gestiegen und fummelte den Wolldeckenmantel zurecht. Dann trieb er das Pony mit heftigem Schenkeldruck und lautem Schnalzen und wildem Gefuchtel zum Laufen an, doch das Pony hatte es nicht so eilig.

Auch Mehmet und Jonas gaben sich Mühe ihre Reittiere anzutreiben. Mehmet trug den Sack mit den Geschenken auf dem Rücken und hatte es darum nicht leicht mit dem Balancieren.

Da guckten aber die Leute, als die drei Reiter sich dem Marktplatz näherten! Manchen fielen geradezu die Augen aus dem Kopf. Gejohle, Beifallgeklatsche, großes Erstaunen. Männer, Frauen und Kinder kamen und bildeten begeistert eine Gasse für die Heiligen Drei Könige. Was für ein Ereignis!

Dann begann die Katastrophe!

Der Weihnachtsmarkt! Ein Dutzend Stände nur, aber viele Lichter und bunte Girlanden aus Tannengrün und laute Musik. Da wurden die drei Ponys unruhig. Und zu allem Überfluss ließ die Reporterin der Zeitung, die eigentlich nur Fotos vom Weihnachtsmarkt knipsen wollte, das Blitzlicht ihrer Kamera zucken. Drei Jungen als Heilige Drei Könige verkleidet kamen auf Ponys über den Weihnachtsmarkt geritten! Hah, solche Bilder mussten unbedingt in die Zeitung!

Die vielen Leute, der Lärm, die Lichtblitze – und die verlockenden Düfte von den Obst- und Gemüseständen: Plötzlich bekamen die Ponys den großen Rappel. Sie stiegen hoch und keilten nach allen Seiten aus. Auch wenn sie klein waren, so hatten sie doch die Wucht von regelrechten Kraftbündeln.

»Huaaahhh!« Lasse, Jonas und Mehmet schrien gleichzeitig, als sie durch die Luft segelten und in den Schneematsch plumpsten.

Die Ponys drehten durch. Kreischend und lachend stoben die Menschen auseinander. Und dann machten sich die Shettys über die Markstände her. Holz krachte. Marktfrauen schrien um Hilfe. Berge von Apfelsinen, Äpfeln und Nüssen stürzten ein und kamen ins Rollen. Metall schepperte. Am Geflügelstand schienen die Truthähne, Gänse und Hühner wieder lebendig zu werden. Weihnachtsschmuck wirbelte durch die Luft. Und die Musik aus den Lautsprechern spielte dazu *Süßer die Glocken nie klingen* . . .

Die drei Jungen sprangen auf. Sie gerieten in Panik. Hinterher, den Ponys hinterher! Sie mussten die Tiere doch einfangen. Warum half denn niemand? Das große Chaos herrschte, doch keiner kam auf die Idee die wild gewordenen Ponys festzuhalten. Oder trauten sie die Leute nicht?

Völlig außer Puste rannten Lasse, Mehmet und Jonas hin und her. Die Kronen waren ihnen über die Ohren gerutscht. Doch sosehr sie sich auch abmühten, die Ponys ließen sich nicht einfangen, sondern machten sich lieber über das leckere Gemüse her. Zum Glück kümmerten sich endlich auch ein paar resolute Marktfrauen um die Shettys.

»Wir schaffen es nicht!«, brüllte Jonas den Freunden zu. »Die Aufführung! Ponys oder nicht, wir müssen zur Aufführung. Es ist allerhöchste Zeit!«

Lasse hatte begriffen, dass der herrliche Plan mit den reitenden Heiligen Drei Königen zum Teufel war. Doch dann hatte er einen Geistesblitz. »Das Fahrrad!«

Ob die Heiligen Drei Könige noch pünktlich kommen?
Lies morgen weiter!

23. Dezember

In letzter Sekunde

Sie hatten Tränen der Wut und der Enttäuschung in den Augen, als sie zu der Laterne wetzten, an die Willi das Fahrrad angelehnt hatte. So viel Mühe hatten sie sich gemacht! So viele Gefahren hatten sie auf sich genommen! Doch nun war die große Nummer mit den Ponys geplatzt. Gab es überhaupt noch eine Chance den Krippenspielpreis zu gewinnen? Egal! Wenigstens mussten sie versuchen rechtzeitig zu ihrem Auftritt in der Schule zu erscheinen. Vom Markt her war das Tatütatü einer Polizeiautosirene zu hören, da blitzte auch Blaulicht.

»Worauf wartet ihr?«, schrie Lasse. Er hatte sich auf das Fahrrad geschwungen. »Mehmet auf den Gepäckträger, Jonas hockt sich vor mich auf die Stange. Na, hopp!«

Jonas hatte Zweifel. »Schaffst du das denn, Lasse?«

Lasse knurrte: »Und wenn wir auf die Schnauze fallen: Wir müssen es versuchen. Das ist eine Frage der Ehre!«

Sie rollten los, schwankend und wackelnd zunächst, aber als sie dann in Schwung gekommen waren, ging es viel besser. Wie ein Wilder trat Lasse in die Pedale. Autofahrer hupten. Weiter! Weiter! Das Krippenspiel hatte ja längst begonnen.

Zumindest Lasse war fix und fertig, als sie über den Schulhof rasten. Aus den Fenstern der Eingangshalle strahlte helles Licht. Die Jungen konnten auch das Heer der Zuschauer erkennen. Klar, viele Schüler und Eltern und Lehrer hatten sich zur Aufführung angekündigt.

Das Portal öffnete sich. Miss Flowerfield, die voll Entsetzen auf die Heiligen Drei Könige wartete, hatte das heranbrausende Fahrrad mit den drei Gestalten schon erspäht.

Sie rief: »Ihr raubt mir noch den letzten Nerv! Heiliger

Bimbam! Ihr seid sofort an der Reihe! Schnell, schnell! Warum kommt ihr so spät, ihr Klüngelfritzen?«

»Wir wurden aufgehalten!«, rief Jonas zurück.

Dröhnende Musik mit hämmernden Bässen. Die tanzenden Engel und die tanzenden Hirten zuckten im Takt. Also hatte der Verkündigungsengel schon die Frohe Botschaft ausgerufen, dass das Christuskind geboren sei. Also hatten die Hirten schon ihre Gaben überbracht. Also war die allgemeine Freude schon ausgebrochen. Plötzlich brach die Musik ab, die Tänzerinnen und Tänzer mit Fama an der Spitze standen still.

Der Oberhirte fragte: »Seht, seht! Wer kommt denn da aus dem Morgenlande angereist?« Er zeigte zum Eingang.

Uff! Geschafft! In letzter Sekunde.

Mehmet schrie vom Gepäckträger her: »Lasse, rein in den Saal! Volle Pulle!«

Mit letzter Kraft drosch Lasse das Fahrrad mit der schweren Last die Stufe hinauf. Da wimmerten die Speichen. Und hinein in die Eingangshalle, den Mittelgang hindurch, zack – dicht an den Zuschauern vorbei zur Bühne. Ja, da verschlug es allen den Atem!

Aber was war das? Nach der ersten Schrecksekunde brandete jubelnder Beifall auf. Die Zuschauer sprangen auf von ihren Plätzen und spendeten Szenenapplaus. Was für ein genialer Einfall! Die Heiligen Drei Könige kamen mit dem Fahrrad angereist! Ja, das war wirklich modernes Theater.

Verwirrt und überrascht sprangen Jonas, Mehmet und Lasse ab. Das Fahrrad ließen sie einfach auf den Fußboden fallen. Dann warfen sie sich vor der Krippe auf die Knie. Mehmet fummelte hastig Gold, Weihrauch und Myrrhe aus dem Sack.

Und feierlich sagten die Heiligen Drei Könige ihren Text auf. Das heißt, nur Mehmet und Jonas redeten, denn Lasse

war vom Radeln noch so groggy, dass er bloß wie ein Fisch lautlos japsen konnte.

»Nun reiten wir schon Tag um Tag
dem hellen Stern am Himmel nach.
Er winkt und leuchtet für und für.
Den neuen König suchen wir.«

Erst in der dritten Strophe war dann auch Lasses Stimme zu hören. Trotz der Aufregungen der vergangenen Tage und vor allem der letzten Stunde verhaspelten sie sich höchstens viermal. Dann überreichten sie ihre Geschenke.

Maria guckte sehr freundlich. Josef streckte ziemlich gierig die Hände nach dem Gold, dem Weihrauch und der Myrrhe aus. Und wenn tatsächlich ein Säugling in der Krippe gelegen hätte, würde er jetzt gewiss hold gelächelt haben. Nur schade, dass keine Zeit geblieben war die Grillkohlen im Weihrauchfässchen zum Glühen zu bringen.

Erleichtert guckten Mehmet, Lasse und Jonas sich an. Den großen Schlusschor erlebten sie wie im Traum. Engel, Hirten und das hochheilige Paar rockten zur harten Musik. Auch die vier Jungen unter den Betttüchern, die Ochs und Esel darstellten, stampften mit. Der Rhythmus steckte schon bald die Zuschauer an. Es war eine wunderbare Stimmung unter den Spielern und den Zuschauern. Frau Schniedermann, die völlig aufgelöst war, obwohl sie doch gar nicht mitgespielt hatte, winkte den Tänzerinnen und Tänzern anerkennend zu. Und so ging ein wunderschönes Krippenspiel zu Ende.

Bravo-Geschrei. Eltern umarmten ihre Kinder. Fotoapparate blitzten. Maria setzte sich in die leere Krippe und lachte und weinte vor Glück. Der Direktor klopfte allen Akteuren begeistert auf die Schultern. Ein rundum gelungenes Krippenspiel sei das gewesen. Und so modern!

Besonders die Heiligen Drei Könige wurden von Gratulanten umringt. Der Gag mit dem Fahrrad war Spitze! Das fanden alle. Wann sie sich das denn ausgedacht hätten, wurden sie von dem langen Lulatsch gefragt, der den Bericht für den Lokalteil der Zeitung schreiben sollte.

»Es war ein Spontanbeschluss«, erklärte Lasse. Das habe ich wieder gut gesagt!, dachte er.

Barbara drängelte sich zu den drei Jungen durch. »Was ist mit den Ponys?«, zischte sie ihnen zu. »Ist was mit Willi passiert?«

Jonas grinste dünn. »Die Shettys sind uns auf dem Markt durchgebrannt, die Viecher. Die Marktfrauen haben sie aber wieder eingefangen. Da haben wir uns Willis geklautes Fahrrad geschnappt. Willi, der sitzt bestimmt schon im Zug und fährt zu seinen Großeltern.«

»So ein Chaos!«, stöhnte Barbara. »Hoffentlich geht es den Ponys gut. Aber die Fahrradnummer war auch nicht übel.«

»Die war sogar super!«, rief Fatma aus dem Hintergrund.

Johannes fragte laut: »Haben wir denn jetzt den Preis mit dem Snowboardfahren im Gebirge gewonnen?«

Miss Flowerfield lachte. »Das muss sich erst noch zeigen. Die anderen Klassen haben ihr Krippenspiel doch noch gar nicht aufgeführt. Also, Leute, freut euch nicht zu früh!«

Plötzlich wurde Mehmet bleich im Gesicht. Er zeigte zur Eingangstür und nun sahen es auch Jonas und Lasse.

Dort stand Kommissar Nowack.

Werden Lasse, Jonas und Mehmet jetzt verhaftet?

Lies morgen den Schluss der Geschichte!

24. Dezember

Ende gut, fast alles gut!

Jetzt sind wir dran«, murmelte Jonas.

»Es gibt im Leben schwarze Momente«, erwiderte Lasse. »Wir müssen den hier mannhaft erdulden. Wir sagen erst mal, dass wir mit unserem Anwalt sprechen wollen. So macht man das nämlich.«

Fatma und Barbara hatten den Kommissar auch erkannt. Sie stellten sich kameradschaftlich neben die Heiligen Drei Könige, denn irgendwie waren sie ja auch am Ponyraub beteiligt gewesen. Schon bildete sich ein Kreis von Neugierigen um das Grüppchen, als Kommissar Nowack sich näherte.

Der Kommissar zielte mit dem Zeigefinger auf Mehmet, Lasse und Jonas. »Hallo, ihr drei Sportsfreunde! Wart ihr das, die die Ponys gefunden haben?«

Da zuckte es wie ein Blitz durch Lasses Gehirn. Der Kripomann hatte gesagt: *gefunden.* Er hatte nicht gesagt: *geklaut.* Lasse reagierte geistesgegenwärtig. Und breit grinsend erklärte er: »Ja, wir haben die drei Ponys gefunden! Im Wald beim alten Försterhaus nämlich. Wir wollten dort in der Einsamkeit noch einmal ungestört unseren Auftritt proben. Und was sehen wir da plötzlich? Drei Ponys!« Lasse zeigte auf Mehmet. »Und er sagt sofort: ›Männer, das sind die drei Ponys, die vor ein paar Tagen verschwunden sind!‹«

»Sehr richtig!«, bestätigte der Kommissar. »Das sind sie auch. Inzwischen stehen sie auch schon wieder auf Herrn Vossbecks Weide bei den anderen Shetlandponys, wo es ja bald den großen Ponyhof geben wird. Wie habt ihr sie denn eingefangen?«

»Och«, sagte Lasse, »ganz einfach. Wir hatten zufällig Stricke dabei und daraus haben wir Halfter geknotet. Und geschickt, wie wir nun mal sind, haben wir die bockigen Ponys gebändigt. Dann haben wir sie zur Stadt geführt. Am Schluss haben sie ihren Widerstand aufgegeben, weil wir sie sozusagen gezähmt hatten. Das letzte Stück konnten wir sogar auf den Shettys reiten.«

Der Kommissar lächelte. »Aber dann passierte das Theater auf dem Marktplatz, nicht wahr? Da sind sie euch durchgegangen, die Ponys. Na ja, die Marktleute haben sich schnell beruhigt und die Tiere haben sie ja auch rasch eingefangen und der Polizei übergeben. Ihr habt eure Sache sehr gut gemacht!«

Lasse war nun nicht mehr zu bremsen. »Das ist doch noch nicht alles! Das da haben wir bei der Försterei nämlich auch noch entdeckt.« Er zeigte auf das Fahrrad, das am Boden lag. »Wir haben sofort kombiniert: Das ist bestimmt das Fahrrad, das neulich von dem Ladendieb entwendet wurde. Weil da auch noch die Pelzmütze auf dem Gepäckträger eingeklemmt war. Da, sehn Sie mal!«

»Donnerwetter!«, staunte Kommissar Nowack.

»Und eine Theorie haben wir selbstverständlich auch«, redete Lasse wie ein Wasserfall weiter. »Weil bald Weihnachten ist, hat der Dieb ein schlechtes Gewissen gekriegt. Da hat er reumütig sein Diebesgut zurückgelassen und ist ohne Beute von dannen geschritten.« Lasse schlug sich im Geiste selber auf die Schulter. Das habe ich mal wieder unheimlich gut gesagt!, dachte er.

Der Kommissar bekam ganz große Augen und wieder sagte er: »Donnerwetter!« Dann nahm er das Fahrrad vom Boden hoch. »So könnte es tatsächlich gewesen sein. Zur Vorsicht werden wir auf jeden Fall nach Fingerabdrücken auf den Griffen am Lenker suchen. Man weiß ja nie. Aber alle Achtung! Ihr drei seid wirklich verdammt tüchtige Detektive.«

Da mischte sich Miss Flowerfield ein. »Ja, das finde ich auch. Tüchtige Detektive! Hoffentlich sind sie auch so tüchtig, wenn wir morgen den Englischtest schreiben. In drei Tagen gibt's Ferien, da müssen wir vorher noch mal ran.«

Jonas fauchte: »Irgendein Unglück musste doch noch kommen!«

Barbara flüsterte Lasse ins Ohr: »Du bist der beste Lügner, den ich kenne. Hab ich dir das nicht schon mal gesagt?«

Lasse reckte sich stolz. Die Zuschauer redeten laut durcheinander. Was, die Jungen haben die vermissten Ponys gefunden? Und das gestohlene Fahrrad haben sie auch wiederbeschafft und die Pelzmütze dazu? Toll, wirklich toll! Und wieder klickten Fotoapparate.

So kam es, dass Mehmet, Jonas und Lasse am nächsten Tag dreimal auf Zeitungsfotos abgebildet waren. Einmal als reitende Heilige Drei Könige auf dem Marktplatz, einmal als sausende Heilige Drei Könige auf dem Fahrrad, einmal als Heilige Drei Könige im Gespräch mit dem Kriminalkommissar Nowack. An diesem Tag wuchsen die drei Jungen glatt um zehn Zentimeter. Den Englischtest vergeigten sie leider. Aber was machte das schon . . .

Wie es weiterging?

Die Juroren berieten eifrig, als sie die Krippenspiele aller Klassen angeschaut hatten, die beim Wettbewerb mitmachten. Dazu gehörten: die evangelische Pastorin, der katholische Pfarrer, der Sparkassendirektor und der Vorsitzende der Freilichtbühne. Sie entschieden: Die 6c hat gewonnen! Ihre Aufführung war die originellste und die modernste. Und welche Szene hatte den Ausschlag gegeben? Die Anreise der Heiligen Drei Könige auf dem Fahrrad.

Das war ein Jubel in der 6c! Gleich nach den Weihnachtsferien sollte das lange Wochenende im Gebirge veranstaltet werden. Früh am Freitag mit dem Zug ins Bergland, dann mit dem Kabinenlift zur Jugendherberge. Und dann Snowboardfahren und Grillabend im Schnee mit Würstchenessen bis zum Abwinken und die Rückreise erst am Montagabend. Was für Aussichten!

Als Lasse den großen Schlüssel für das Forsthaus an Barbara zurückgab, sagte er feierlich: »Im Namen der Heiligen Drei Könige danke ich dir für deine Hilfe.«

Barbara tippte sich an die Stirn. »Du bist und bleibst ein Spinner, Lasse. Aber ein spannendes Abenteuer war's auf jeden Fall. Und dass die Ponys nicht geschlachtet werden, das ist das Schönste. Wir werden sie jeden Tag auf dem Reiterhof besuchen!«

Oma Cilly verzieh den drei Ponydieben übrigens ihre Untat, aber sie mussten mithelfen, das verwüstete Haus wieder in Ordnung zu bringen. Und weil Lasse, Mehmet und Jonas immerhin so vielen Ponys das Leben gerettet hatten, wurden sie von der Tierfreundin Oma Cilly zum großen Spekulatiusessen eingeladen.

Am Heiligen Abend kam ein Brief von Willi bei Lasse an. Willi schrieb:

Meine Großeltern sind ziemlich dufte Typen. Sie haben nix dagegen, dass ich bei ihnen wohne. Meine Mutter ist aus Mailand zurück. Und sie ist auch einverstanden. Wahrscheinlich kriege ich sogar ein eigenes Zimmer. Euch, meinen treuen Freunden, danke ich für eure Hilfe. Vielleicht sehen wir uns ja mal wieder. Euer Kumpel Willi.

Und darunter hatte er in Schnörkelschrift gemalt:

Fröhliche Weihnachten!